汪曾祺

散/文/集

自得其乐

汪曾祺 著 曹鹏 选编

中国广播影视出版社

汪曾祺（1920~1997）

江苏高邮人，当代散文家、小说家、戏剧家，兼擅书画。肄业于西南联合大学，曾在《北京文艺》、北京京剧院工作。

目　录

自报家门

京剧的角色出台，大都有一段相当长的独白。向观众介绍自己的历史，最近遇到什么事，他将要干什么，叫做“自报家门”。过去西方戏剧很少用这种办法。西方戏剧的第一幕往往是介绍人物，通过别人之口互相介绍出剧中人，这实在很费事。中国的“自报家门”省事得多，我采取这种办法，也是为了图省事，省得麻烦别人。

法国安妮·居里安女士打算翻译我的小说。她从波士顿要到另一个城市去，已经订好了飞机票。听说我要到波士顿，特意把机票退了，好跟我见一面。她谈了对我的小说的印象，谈得很聪明。有一点是别的评论家没有提过，我自己从来没有意识到的。她说我很多小说里都有水。《大淖记事》是这样。《受戒》写水虽不多，但充满了水的感觉。我想了想，真是这样。这是很自然的。我的家乡是一个水乡，江苏北部一个不大的城市——高邮，在运河的旁边。

运河西边，是高邮湖。城的地势低，据说运河的河底和城墙垛子一般高。我们小时候到运河堤上去玩，可以俯瞰堤下人家的屋顶。因此，常常闹水灾。县境内有很多河道，出城到乡镇，大都是坐船。农民几乎家家都有船。水不但于不自觉中成了我的一些小说的背景，并且也影响了我的小说的风格。水有时是汹涌澎湃的，但我们那里的水平常总是柔软的，平和的，静静地流着。

我是一九二零年生的。三月五日。按阴历算，那天正好是正月十五，元宵节。这是一个吉祥的日子。中国一直很重视这个节日，到现在还是这样。到了这天，家家吃“元宵”，南北皆然。沾了这个光，我每年的生日都不会忘记。

我的家庭是一个旧式的地主家庭。房屋、家具、习俗，都很旧。整所住宅，只有一处叫做“花厅”的三大间是明亮的，因为朝南的一溜大窗户是安玻璃的。其余的屋子的窗格上都糊的是白纸。一直到我读高中时，晚上有的屋里点的还是豆油灯。这在全城（除了乡下）大概找不出几家。

我的祖父是清朝末科的“拔贡”，这是略高于“秀才”的功名。据说要八股文写得特别好，才能被选为“拔贡”。他有相当多的田产，大概有两三千亩田，还开着两家药店，一家布店，但是生活却很俭省。他爱喝一点酒，下酒菜不过是一个咸鸭蛋，而且一个咸鸭蛋能喝两顿酒。喝了酒有时就一个人在屋里大声背唐诗。他同时又是一个免费为人医治眼疾的眼科医生，我们家看眼科是祖传的。在孙辈里他比较喜欢我，他让我闻他的鼻烟。有一回我不停地打嗝，他忽然把我叫到跟前，问我他吩咐我做的事做好了没有。我想了半天，他吩咐过我做什么事呀？我使劲地想，他哈哈大笑：“嗝不打了吧！”他说这是治打嗝的最好的办法。他教过我读《论语》，还教我写过初步的八股文，说如果在清朝，我完全可以中一个秀才（那年我才十三岁）。他赏给我一块紫色的端砚，好几本很名贵的原拓本字帖。一个封建家庭的祖父对于孙子的偏爱，也仅能表现到这个程度。

我的生母姓杨。杨家是本县的大族。在我三岁时，她就死去了。她得的是肺病，早就一个人住在一间偏屋里，和家人隔离了。她不让人把我抱去见她，因此我对她全无印象。我只能从她的遗像（据说画得很像）上知道她是什么样子，另外我从父亲的画室里翻出一摞她生前写的大楷，字写得很清秀。由此我知道我的母亲是读过书的。她嫁给我父亲后还能每天写一张大字，可见她还过着一种闺秀式的生活，不为柴米操心。

我父亲是我所知道的一个最聪明的人，多才多艺。他不但金石书画皆通，而且是一个擅长单杠的体操运动员，一名足球健将，他还练过中国的武术。他有一间画室，为了用色准确，裱糊得“四白落地”。他后半生不常作画，以“懒”出名。他的画室里堆积了很多求画人送来的宣纸，上面都贴了一个红签，“敬求法绘，赐呼 ××”。我的继母有时提醒：“这几张纸，你该给人家画画了。”父亲看看红签，说：“这人已经死了。”每逢春秋佳日，天气晴和，他就打开画室作画。我非常喜欢站在旁边看他画，对着宣纸端详半天。先用笔杆的一头或大拇指指甲在纸上划几道，决定布局，然后画花头、枝干，布叶，勾筋。画成了，再看看，收拾一遍，题字，盖章，用揿钉钉在板壁上，再反复看看。他年轻时曾画过工笔的菊花。能辨别、表现很多菊花品种。因为他是阴历九月生的，在中国，习惯把九月叫做菊月，所以对菊花特别有感情。后来就放笔作写意花卉了。他的画，照我看是很有功力的。可惜局促在一个小县城里，未能浪游万里，多睹大家真迹。又未曾学诗，题识多用成句，只成“一方之士”，声名传得不远。很可惜！他学过很多乐器，笙箫管笛、琵琶、古琴都会，他的胡琴拉得很好。几乎所有的中国乐器我们家都有过。包括唢呐、海笛。他吹过的箫和笛子是我一生中见过的最好的箫、笛。他的手很巧，心很细，我母亲的冥衣（中国人相信人死了，在另一个世界——阴间还要生活，故用纸糊制了生活用物烧了，使死者可以“冥中收用”，统称冥器）是他亲手糊的。他选购了各种砑花的色纸，糊了很多套，四季衣裳，单夹皮棉，应有尽有。“裘皮”剪得极细，和真的一样，还能分出羊皮、狐皮。他会糊风筝。有一年糊了一个蜈蚣——这是风筝中最难糊的一种，带着儿女到麦田里去放。蜈蚣在天上矫矢摆动，跟活的一样。这是我永远不能忘记的一天。他放蜈蚣用的是胡琴的“老弦”。用琴弦放风筝，我还未见过第二人。他养过鸟，养过蟋蟀。他用钻石刀把玻璃裁成小片，再用胶水一片一片斗拢粘固，做成小船、小亭子、八面玲珑绣球，在里面养金铃子——一种金色的小昆虫，磨翅发声如金铃。我父亲真是一个聪明人。如果我还不算太笨，大概跟我从父亲那里接受的遗传因子有点关系。我的审美意识的形成，跟我从小看他作画有关。

我父亲是个随便的人，比较有同情心，能平等待人。我十几岁时就和他对坐饮酒，一起抽烟。他说：“我们是多年父子成兄弟。”他的这种脾气也传给了我。不但影响了我和家人子女、朋友后辈的关系，而且影响了我对我所写的人物的态度以及对读者的态度。

我的小学和初中是在本县读的。

小学在一座佛寺的旁边，原来即是佛寺的一部分。我几乎每天放学都要到佛寺里逛一逛，看看哼哈二将、四大天王、释迦牟尼、迦叶阿难、十八罗汉、南海观音。这些佛像塑得很生动。这是我的雕塑艺术馆。

从我家到小学要经过一条大街，一条曲曲弯弯的巷子。我放学回家喜欢东看看，西看看，看看那些店铺、手工作坊、布店、酱园、杂货店、爆仗店、烧饼店、卖石灰麻刀的铺子、染坊……我到银匠店里去看银匠在一个模子上錾出一个小罗汉，到竹器厂看师傅怎样把一根竹竿做成篰草的篰子，到车匠店看车匠用硬木车旋出各种形状的器物，看灯笼铺糊灯笼……百看不厌。有人问我是怎样成为一个作家的。我说这跟我从小喜欢东看看西看看有关。这些店铺、这些手艺人使我深受感动，使我闻嗅到一种辛劳、笃实、轻甜、微苦的生活气息。这一路的印象深深注入我的记忆，我的小说有很多篇写的便是这座封闭的、褪色的小城的人事。

初中原是一个道观，还保留着一个放生鱼池。池上有飞梁（石桥），一座原来供奉吕洞宾的小楼和一座小亭子。亭子四周长满了紫竹（竹竿深紫色）。这种竹子别处少见。学校后面有小河，河边开着野蔷薇。学校挨近东门，出东门是杀人的刑场。我每天沿着城东的护城河上学、回家，看柳树，看麦田，看河水。

我自小学五年级至初中毕业，教国文的都是一位姓高的先生。高先生很有学问，他很喜欢我。我的作文几乎每次都是“甲上”。在他所授古文中，我受影响最深的是明朝大散文家归有光的几篇代表作。归有光以轻淡的文笔写平常的人物，亲切而凄婉。这和我的气质很相近，我现在的小说里还时时回响着归有光的余韵。

我读的高中是江阴的南菁中学。这是一座创立很早的学校，至今已有百余年历史。这个学校注重数理化，轻视文史。但我买了一部词学丛书，课余常用毛笔抄宋词，既练了书法，也略窥了词意。词大都是抒情的，多写离别。这和少年人每易有的无端感伤情绪易于相合。到现在我的小说里还带有一点隐隐约约的哀愁。

读了高中二年级，日本人占领了江南，江北危急。我随祖父、父亲在离城稍远的一个村庄的小庵里避难。在庵里大概住了半年。我在《受戒》里写了和尚的生活。这篇作品引起注意，不少人问我当过和尚没有。我没有当过和尚。在这座小庵里我除了带了准备考大学的教科书，只带了两本书，一本《沈从文小说选》，一本屠格涅夫的《猎人日记》。说得夸张一点，可以说这两本书定了我的终身。这使我对文学形成比较稳定的兴趣，并且对我的风格产生深远的影响。我父亲也看了沈从文的小说，说："小说也是可以这样写的。"我的小说也有人说是不像小说，其来有自。

一九三九年，我从上海经香港、越南到昆明考大学。到昆明，得了一场恶性疟疾，住进了医院。这是我一生第一次住院，也是唯一的一次。高烧超过四十度。护士给我注射了强心针，我问她："要不要写遗书？"我刚刚能喝一碗蛋花汤，晃晃悠悠进了考场。考完了，一点把握没有。天保佑，发了榜，我居然考中了第一志愿：西南联大中国文学系！

我成不了语言文字学家。我对古文字有兴趣的只是它的美术价值——字形。我一直没有学会国际音标。我不会成为文学史研究者或文学理论专家，我上课很少记笔记，并且时常缺课。我只能从兴趣出发，随心所欲，乱七八糟地看一些书。白天在茶馆里，夜晚在系图书馆。于是，我只能成为一个作家了。

不能说我在投考志愿书上填了西南联大中国文学系是冲着沈从文

去的，我当时有点恍恍惚惚，缺乏任何强烈的意志。但是“沈从文”是对我很有吸引力的，我在填表前是想到过的。

沈先生一共开过三门课：各体文习作、创作实习、中国小说史，我都选了。沈先生很欣赏我。我不但是他的入室弟子，更可以说是得意高足。

沈先生实在不大会讲课。讲话声音小，湘西口音很重，很不好懂。他讲课没有讲义，不成系统，只是即兴的漫谈。他教创作，反反复复，经常讲的一句话是：要贴到人物来写。很多学生都不大理解这是什么意思。我是理解的。照我的理解，他的意思是：在小说里，人物是主要的，主导的，其余的都是次要的，派生的。作者的心要和人物贴近，富同情，共哀乐。什么时候作者的笔贴不住人物，就会虚假。写景，是制造人物生活的环境。写景处即是写人，景和人不能游离。常见有的小说写景极美，但只是作者眼中之景，与人物无关。这样有时甚至会使人物疏远。即作者的叙述语言也需和人物相协调，不能用知识分子的语言去写农民。我相信我的理解是对的。这也许不是写小说唯一的原则（有的小说可以不着重写人，也可以有的小说只是作者在那里发议论），但是是重要的原则。至少在现实主义的小说里，这是重要原则。

沈从文每次进城（为了躲日本飞机空袭，他住在昆明附近呈贡的乡下，有课时才进城住两三天），我都去看他。还书、借书，听他和客人谈天。他上街，我陪他同去，逛寄卖行、旧货摊，买耿马漆盒，买火腿月饼。饿了，就到他的宿舍对面的小铺吃一碗加一个鸡蛋的米线。有一次我喝得烂醉，坐在路边，他以为是一个生病的难民，一看，是我！他和几个同学把我架到宿舍里，灌了好些酽茶，我才清醒过来。有一次我去看他，牙疼，腮帮子肿得老高，他不说一句话，出去给我买了几个大橘子。

我读的是中国文学系，但是大部分时间是看翻译小说。当时在联大比较时髦的是A．纪德，后来是萨特。我二十岁开始发表作品。外国作家我受影响较大的是契诃夫，还有一个西班牙作家阿索林。我很喜欢阿索林，他的小说像是覆盖着阴影的小溪，安安静静的，同时又是活泼的，流动的。我读了一些弗吉尼亚·沃尔芙的作品，读了普鲁斯特小说的片段。我的小说有一个时期明显地受了意识流方法的影响，如《小学校的钟声》、《复仇》。

离开大学后，我在昆明郊区一个联大同学办的中学教了两年书。《小学校的钟声》和《复仇》便是这时写的。当时没有地方发表。后来由沈先生寄给上海的《文艺复兴》，郑振铎先生打开原稿，发现上面已经叫蠹虫蛀了好些小洞。

一九四六年初秋，我由昆明到上海。经李健吾先生介绍，到一个私立中学教了两年书。一九四八年初春离开。这两年写了一些小说，结为《邂逅集》。

到北京，失业半年，后来到历史博物馆任职。陈列室在午门城楼上，展出的文物不多，游客寥寥无几。职员里住在馆里的只有我一个人。我住的那间据说原是锦衣卫值宿的屋子。为了防火，当时故宫范围内都不装电灯，我就到旧货摊上买了一盏白瓷罩子的古式煤油灯。晚上灯下读书，不知身在何世。北京一解放，我就报名参加了四野南下工作团。

我原想随四野一直打到广州，积累生活，写一点刚劲的作品。不想到武汉就被留下来接管文教单位，后来又被派到一个女子中学当副教导主任。一年之后，我又回到北京，到北京市文联工作。一九五四年，调中国民间文艺研究会。

自一九五〇年至一九五八年，我一直当文艺刊物编辑。编过《北京文艺》、《说说唱唱》、《民间文学》。我对民间文学是很有感情的。民间故事丰富的想象和农民式的幽默，民歌比喻的新鲜和韵律的精巧使我惊奇不置。但我对民间文学的感情被割断了。一九五八年，我被错划成右派，下放到长城外面的一个农业科学研究所劳动，将近四年。

这四年对我来说是很重要的。我和农业工人（即是农民）一同劳动，吃一样的饭，晚上睡在一间大宿舍里，一铺大炕（枕头挨着枕头，虱子可以自由地从最东边一个人的被窝里爬到最西边的被窝里）。我比较切实地看到中国的农村和中国的农民是怎么回事。

一九六二年初，我调到北京京剧团当编剧，一直到现在。

我二十岁开始发表作品，今年六十九岁，写作时间不可谓不长。但我的写作一直是断断续续，一阵一阵的，因此数量很少。过了六十岁，就听到有人称我为“老作家”，我觉得很不习惯。第一，我不大意识到我是一个作家；第二，我没有觉得我已经老了。近两年逐渐习惯了。有什么办法呢，岁数不饶人。杜甫诗：“座下人渐多。”现在每有宴会，我常被请到上席，我已经出了几本书，有点影响。再说我不是作家，就有点矫情了。我算什么样的作家呢？

我年轻时受过西方现代派的影响，有些作品很“空灵”，甚至很不好懂。这些作品都已散失。有人说翻翻旧报刊，是可以找到的，劝我搜集起来出一本书。我不想干这种事。实在太幼稚，而且和人民的疾苦距离太远。我近年的作品渐趋平实。在北京市作协讨论我的作品的座谈会上，我作了一个简短的发言，题为“回到民族传统，回到现实主义”，这大体上可以说是我现在的文学主张。我并不排斥现代主义。每逢有人诋毁青年作家带有现代主义倾向的作品时，我常会为他们辩护。我现在有时也偶尔还写一点很难说是纯正的现实主义的作品，比如《昙花、鹤和鬼火》，就是在通体看来是客观叙述的小说中有时还夹带一点意识流片段，不过评论家不易察觉。我的看似平常的作品其实并不那么老实。我希望能做到融奇崛于平淡，纳外来于传统，不今不古，不中不西。

我是较早意识到要把现代创作和传统文化结合起来的。和传统文化脱节，我以为是开国以后，五十年代文学的一个缺陷。——有人说这是中国文化的“断裂”，这说得严重了一点。有评论家说我的作品受了两千多年前的老庄思想的影响，可能有一点。我在昆明教中学时案头常放的一本书是《庄子集解》。但是我对庄子感极大的兴趣的，主要是其文章，至于他的思想，我到现在还不甚了了。我自己想想，我受影响较深的，还是儒家。我觉得孔夫子是个很有人情味的人，并且是个诗人。他可以发脾气，赌咒发誓。我很喜欢《论语·子路曾皙冉有公西华侍坐章》。他让在座的四位学生谈谈自己的志愿，最后问到曾皙（点）。

> “点，尔何如？”
>
> 鼓瑟希，铿尔，舍瑟而作，对曰：“异乎三子者之撰。”
>
> 子曰：“何伤乎？亦各言其志也。”

曰："暮春者，春服既成，冠者五六人，童子六七人，浴乎沂，风乎舞雩，咏而归。"

夫子喟然叹曰："吾与点也。"

这写得实在非常美。曾点的超功利的率性自然的思想是生活境界的美的极致。

我很喜欢宋儒的诗：

> 万物静观皆自得，
> 四时佳兴与人同。

说得更实在的是：

> 顿觉眼前生意满，
> 须知世上苦人多。

我觉得儒家是爱人的，因此我自许为"中国式的人道主义者"。

我的小说似乎不讲究结构。我在一篇谈小说的短文中，说结构的原则是：随便。有一位年龄略低我的作家每谈小说，必谈结构的重要。他说："我讲了一辈子结构，你却说：随便！"我后来在谈结构的前面加了一句话："苦心经营的随便"，他同意了。我不喜欢结构痕迹太露的小说，如莫泊桑，如欧·亨利。我倾向"为文无法"，即无定法。我很向往苏轼所说的："如行云流水，初无定质，但常行于所当行，常止于所不可不止，文理自然，姿态横生。”我的小说在国内被称为“散文化”的小说。我以为散文化是世界短篇小说发展的一种（不是唯一的）趋势。

我很重视语言，也许过分重视了。我以为语言具有内容性。语言是小说的本体，不是外部的，不只是形式、是技巧。探索一个作者的气质、他的思想（他的生活态度，不是理念），必须由语言入手，并始终浸在作者的语言里。语言具有文化性。作品的语言映照出作者的全部文化修养。语言的美不在一个一个句子，而在句与句之间的关系。包世臣论王羲之字，看来参差不齐，但如老翁携带幼孙，顾盼有情，痛痒相关。好的语言正当如此。语言像树，枝干内部液汁流转，一枝摇，百枝摇。语言像水，是不能切割的。一篇作品的语言，是一个有机的整体。

我认为一篇小说是作者和读者共同创作的。作者写了，读者读了，创作过程才算完成。作者不能什么都知道，都写尽了。要留出余地，让读者去琢磨，去思索，去补充。中国画讲究“计白当黑”。包世臣论书以为当使字之上下左右皆有字。宋人论崔颢的《长干歌》“无字处皆有字”。短篇小说可以说是“空白的艺术”。办法很简单：能不说的话就不说。这样一篇小说的容量就会更大了，传达的信息就更多。以已少少许，胜人多多许。短了，其实是长了。少了，其实是多了。这是很划算的事。

我这篇“自报家门”实在太长了。

一九八八年三月廿日

自得其乐

孙犁同志说写作是他的最好的休息。是这样。一个人在写作的时候是最充实的时候，也是最快乐的时候。凝眸既久（我在构思一篇作品时，我的孩子都说我在翻白眼），欣然命笔，人在一种甜美的兴奋和平时没有的敏锐之中，这样的时候，真是虽南面王不与易也。写成之后，觉得不错，提刀却立，四顾踌躇，对自己说："你小子还真有两下子！"此乐非局外人所能想象。但是一个人不能从早写到晚，那样就成了一架写作机器，总得岔乎岔乎，找点事情消遣消遣，通常说，得有点业余爱好。

我年轻时爱唱戏。起初唱青衣、梅派；后来改唱余派老生。大学三四年级唱了一阵昆曲，吹了一阵笛子。后来到剧团工作，就不再唱戏吹笛子了，因为剧团有许多专业名角，在他们面前吹唱，真成了班门弄斧，还是以藏拙为好。笛子本来还可以吹吹，我的笛风甚好，是"满口笛"，但是后来没法再吹，因为我的牙齿陆续掉光了，撒风漏气。

这些年来我的业务爱好，只有：写写字、画画画、做做菜。

我的字照说是有些基本功的。当然从描红模子开始。我记得我描的红模子是："暮春三月，江南草长，杂花生树，群莺乱飞。"这十六个字其实是很难写的，也许是写红模子的先生故意用这些结体复杂的字来折磨小孩子，而且红模子底子是欧字，这就更难落笔了。不过这也有好处，可以让孩子略窥笔意，知道字是不可以乱写的。大概在我十一二岁的时候，那年暑假，我的祖父忽然高了兴，要亲自教我《论语》，并日课大字一张，小字二十行。大字写《圭峰碑》，小字写《闲邪公家传》，这两本帖都是祖父从他的藏帖中选出来的。祖父认为我的字有点才分，奖了我一块猪肝紫端砚，是圆的，并且拿了几本初拓的字帖给我，让我常看看。我记得有小字《麻姑仙坛》、虞世南的《夫子庙堂碑》、褚遂良的《圣教序》。小学毕业的暑假，我在三姑父家从一个姓韦的先生读桐城派古文，并跟他学写字。韦先生是写魏碑的，但他让我临的却是《多宝塔》。初一暑假，我父亲拿了一本影印的《张猛龙碑》，说："你最好写写魏碑，这样字才有骨力。"我于是写了相当长时期《张猛龙碑》。用的是我父亲选购来的特殊的纸。这种纸是用稻草做的，纸质较粗，也厚，写魏碑很合适，用笔须沉着，不能浮滑。这种纸一张有二尺高，尺半宽，我每天写满一张。写《张猛龙碑》使我终身受益，到现在我的字的间架用笔还能看出痕迹。这以后，我没有认真临过帖，平常只是读帖而已。我于二王书未窥门径。写过一个很短时期的《乐毅论》，放下了，因为我很懒。《行穰》、《丧乱》等帖我很欣赏，但我知道我写不来那样的字。我觉得王大令的字的确比王右军写得好。读颜真卿的《祭侄文》，觉得这才是真正的颜字，并且对颜书从二王来之说很信服。大学时，喜读宋四家。有人说中国书法一坏于颜真卿、二坏于宋四家，这话有道理。但我觉得宋人字是书法的一次解放，宋人字的特点是少拘束，有个性，我比较喜欢蔡京和米芾的字（苏东坡字太俗，黄山谷字做作）。有人说米字不可多看，多看则终身摆脱不开，想要升入晋唐，就不可能了。一点不错。但是有什么办法呢！打一个不太好听的比方，一写米字，犹如寡妇失了身，无法挽回了。我现在写的字有点《张猛龙》的底子、米字的意思，还加上一点乱七八糟的影响，形成我自己的那么一种体，格韵不高。

我也爱看汉碑。临过一遍《张迁碑》,《石门铭》、《西狭颂》看看而已。我不喜欢《曹全碑》。盖汉碑好处全在筋骨开张，意态从容，《曹全碑》则过于整饬了。

我平日写字，多是小条幅，四尺宣纸一裁为四。这样把书桌上书籍信函往边上推推，摊开纸就能写了。正儿八经地拉开案子，铺了画毡，着意写字，好像练了一趟气功，是很累人的。我都是写行书。写真书，太吃力了。偶尔也写对联。曾在大理写了一副对子：

苍山负雪

洱海流云

字大径尺。字少，只能体兼隶篆。哪天喝了一点酒，字写得飞扬霸悍，亦是快事。对联字稍多，则可写行书。为武夷山一招待所写过一副对子：

四围山色临窗秀

一夜溪声入梦清

字颇清秀，似明朝人书。

我画画，没有真正的师承。我父亲是个画家，画写意花卉，我小时爱看他画画，看他怎样布局（用指甲或笔杆的一头划几道印子），画花头，定枝梗，布叶，勾筋，收拾，题款，盖印。这样，我对用墨，用水，用色，略有领会。我从小学到初中，都“以画名”。初二的时候，画了一幅墨荷，裱出后挂在成绩展览室里。这大概是我的画第一次上裱。我读的高中重数理化，功课很紧，就不再画画。大学四年，也极少画画。工作之后，更是久废画笔了。当了右派，下放到一个农业科学研究所，结束劳动后，倒画了不少画，主要的“作品”是两套植物图谱，一套《中国马铃薯图谱》、一套《口蘑图谱》，一是淡水彩，一是钢笔画。摘了帽子回京，到剧团写剧本，没有人知道我能画两笔。重拈画笔，是运动促成的。运动中没完没了地写交代，实在是烦人，于是买了一刀元书纸，于写交代之空隙，瞎抹一气，少抒郁闷，这样就一发而不可收，重新拾起旧营生。有的朋友看见，要了去，挂在屋里，被人发现了，于是求画的人渐多。我的画其实没有什么看头，只是因为是作家的画，比较别致而已。

我也是画花卉的。我很喜欢徐青藤、陈白阳，喜欢李复堂，但受他们的影响不大。我的画不中不西，不今不古，真正是“写意”，带有很大的随意性。曾画了一幅紫藤，满纸淋漓，水汽很足，几乎不辨花形。这幅画现在挂在我的家里。我的一个同乡来，问：“这画画的是什么？”我说是：“骤雨初晴。”他端详了一会，说：“哎，经你一说，是有点那个意思！”他还能看出彩墨之间的一些小块空白，是阳光。我常把后期印象派方法融入国画。我觉得中国画本来都是印象派，只是我这样做，更是有意识的而已。

画中国画还有一种乐趣，是可以在画上题诗，可寄一时意兴，抒感慨，也可以发一点牢骚。曾用干笔焦墨在浙江皮纸上画冬日菊花，题诗代简，寄给一个老朋友，诗是：

新沏清茶饭后烟，
自搔短发负晴暄。
枝头残菊开还好，
留得秋光过小年。

为宗璞画牡丹，只占纸的一角，题曰：

人间存一角，
聊放侧枝花。
欣然亦自得，
不共赤城霞。

宗璞把这首诗念给冯友兰先生听了，冯先生说："诗中有人。"

今年洛阳春寒，牡丹至期不开。张抗抗在洛阳等了几天，败兴而归，写了一篇散文《牡丹的拒绝》。我给她画了一幅画，红叶绿花，并题一诗：

看朱成碧且由他，

大道从来直似斜。

见说洛阳春索寞，

牡丹拒绝著繁花。

我的画，遣兴而已，只能自己玩玩，送人是不够格的。最近请人刻一闲章："只可自怡悦"，用以押角，是实在话。

体力充沛，材料凑手，做几个菜，是很有意思的。做菜，必须自己去买菜。提一菜筐，逛逛菜市，比空着手遛弯儿要"好白相"。到一个新地方，我不爱逛百货商场，却爱逛菜市，菜市更有生活气息一些。买菜的过程，也是构思的过程。想炒一盘雪里蕻冬笋，菜市场冬笋卖完了，却有新到的荷兰豌豆，只好临时"改戏"。做菜，也是一种轻量的运动。洗菜，切菜，炒菜，都得站着（没有人坐着炒菜的），这样对成天伏案的人，可以改换一下身体的姿势，是有好处的。

做菜待客，须看对象。聂华苓和保罗·安格尔夫妇到北京来，中国作协不知是哪一位，忽发奇想，在宴请几次后，让我在家里做几个菜招待他们，说是这样别致一点。我给做了几道菜，其中有一道煮干丝。这是淮扬菜。华苓是湖北人，年轻时是吃过的。但在美国不易吃到。她吃得非常惬意，连最后剩的一点汤都端起碗来喝掉了。不是这道菜如何稀罕，我只是有意逗引她的故国乡情耳。台湾女作家陈怡真（我在美国认识她）到北京来，指名要我给她做一回饭。我给她做了几个菜。一个是干贝烧小萝卜。我知道台湾没有"杨花萝卜"（只有白萝卜）。那几天正是北京小萝卜长得最足最嫩的时候。这个菜连我自己吃了都很惊诧：味道鲜甜如此！我还给她炒了一盘云南的干巴菌。台湾咋会有干巴菌呢？她吃了，还剩下一点，用一个塑料袋包起，说带到宾馆去吃。如果我给云南人炒一盘干巴菌，给扬州人煮一碗干丝，那就成了鲁迅请曹靖华吃柿霜糖了。

做菜要实践。要多吃，多问，多看（看菜谱），多做。一个菜点得试烧几回，才能掌握咸淡火候。冰糖肘子、乳腐肉，何时炬软入味，只有神而明之。但是更重要的是要富于想象。想得到，才能做得出。我曾用家乡拌荠菜法凉拌菠菜。半大菠菜（太老太嫩都不行），入开水锅焯至断生，捞出，去根切碎，入少盐，挤去汁，与香干（北京无香干，以熏干代）细丁、虾米、蒜末、姜末一起，在盘中抟成宝塔状，上桌后淋以麻油酱醋，推倒拌匀。有余姚作家尝后，说是"很像马兰头"。这道菜成了我家待不速之客的应急的保留节目。有一道菜，敢称是我的发明：塞肉回锅油条。油条切段，寸半许长，肉馅剁至成泥，入细葱花、少量榨菜或酱瓜末拌匀，塞入油条段中，入半开油锅重炸。嚼之酥碎，真可声动十里人。

我很欣赏《杨恽报孙会宗书》："田彼南山，芜秽不治。种一顷豆，落而为萁。人生行乐耳，须富贵何时。""人生行乐耳，须富贵何时"，说得何等潇洒。不知道为什么，汉宣帝竟因此把他腰斩了，我一直想不透。这样的话，也不许说么？

载一九九二年第一期《艺术世界》

沈从文的寂寞

一九八一年湖南人民出版社出了沈先生的散文选。选集中所收文章，除了一篇《一个传奇的故事》、一篇《张八寨二十分钟》，其余的《从文自传》、《湘行散记》、《湘西》，都是三十年代写的。沈先生写这些文章时才三十几岁，相隔已经半个世纪了。我说这些话，只是点明一下时间，并没有太多感慨。四十年前，我和沈先生到一个图书馆去，站在一架一架的图书面前，沈先生说："看到有那么多人写了那么多书，我真是什么也不想写了！"古往今来，那么多人写了那么多书，书的命运，盈虚消长，起落兴衰，有多少道理可说呢。不过一个人被遗忘了多年，现在忽然又来出他的书，总叫人不能不想起一些问题。这有什么历史的和现实的意义？这对于今天的读者——主要是青年读者的品德教育、美感教育和语言文字的教育有没有作用？作用有多大？……

这些问题应该由评论家、文学史家来回答。我不想回答，也回答不了。我是沈先生的学生，却不是他的研究者（已经有几位他的研究者写出了很好的论文）。我只能谈谈读了他的散文后的印象。当然是很粗浅的。

文如其人。有几篇谈沈先生的文章都把他的人品和作品联系起来。朱光潜先生在《花城》上发表的短文就是这样。这是一篇好文章。其中说到沈先生是寂寞的，尤为知言。我现在也只能用这种办法。沈先生用手中一支笔写了一生，也用这支笔写了他自己。他本人就像一个作品，一篇他自己所写的作品那样的作品。

我觉得沈先生是一个热情的爱国主义者，一个不老的抒情诗人，一个顽强的不知疲倦的语言文字的工艺大师。

这真是一个少见的热爱家乡，热爱土地的人。他经常来往的是家乡人，说的是家乡话，谈的是家乡的人和事。他不止一次和我谈起棉花坡的渡船，谈起枫树坳，秋天，满城飘舞着枫叶。一九八一年他回凤凰一次，带着他的夫人和友人看了他的小说里所写过的景物，都看到了，水车和石碾子也终于看到了，没有看到的只是那个大型榨油坊。七十九岁的老人，说起这些，还像一个孩子。他记得的那样多，知道的那样多，想过的那样多，写了的那样多，这真是少有的事。他自己说他最满意的小说是写一条延长千里的沅水边上的人和事的。选集中的散文更全部是写湘西的。这在中国的作家里不多，在外国的作家里也不多。这些作品都是有所为而作的。

沈先生非常善于写风景。他写风景是有目的的。正如他自己所说:

一首诗或者仅仅二十八个字，一幅画大小不过一方尺，留给后人的印象，却永远是清新壮丽，增加人对于祖国大好河山的感情。

（《张八寨二十分钟》）

风景不殊，时间流动。沈先生常在水边，逝者如斯，他经常提到的一个名词是“历史”。他想的是这块土地，这个民族的过去和未来。他的散文不是晋人的山水诗，不是要引人消沉出世，而是要人振作进取。

读沈先生的作品常令人想起鲁迅的作品，想起《故乡》、《社戏》（沈先生最初拿笔，就是受了鲁迅以农村回忆为题材的小说的影响，思想上也必然受其影响）。他们所写的都是一个贫穷而衰弱的农村。地方是很美的，人民勤劳而朴素，他们的心灵也是那样高尚美好，然而却在一种无望的情况中辛苦麻木地生活着。鲁迅的心是悲凉的。他的小说就混合着美丽与悲凉。湘西地方偏僻，被一种更为愚昧的势力以更为野蛮的方式统治着。那里的生活是“怕人”的，所出的事情简直是离奇的。一个从这种生活里过来的青年人，跑到大城市里，接受了“五四”以来的民主思想，转过头来再看看那里的生活，不能不感到痛苦。《新与旧》里表现了这种痛苦，《菜园》里表现了这种痛苦，《丈夫》、《贵生》里也表现了这种痛苦，他的散文也到处流露了这种痛苦。土著军阀随便地杀人，一杀就是两三千。刑名师爷随便地用红笔勒那么一笔，又急忙提着长衫，拿着白铜水烟袋跑到高坡上去欣赏这种不雅观的游戏。卖菜的周家小妹被一个团长抢去了。“小婊子”嫁了个老烟鬼。一个矿工的女儿，十三岁就被驻防军排长看中，出了两块钱引诱破了身，最后咽了三钱烟膏，死掉了。……说起这些，能不叫人痛苦？这都是谁的责任？“浦市地方屠户也那么瘦了，是谁的责任？”——这问题看似提得可笑，实可悲。便是这种诙谐语气，也是从一种无可奈何的痛苦心境中发出的。这是一种控诉。在小说里，因为要“把道理包含在现象中”，控诉是无言的。在散文中有时就明明白白地说了出来。“读书人的同情，专家的调查，对这种人有什么用？若不能在调查和同情以外有一个‘办法’，这种人总永远用血和泪在同样情形中打发日子。地狱俨然就是为他们而设的。他们的生活，正说明‘生命’在无知与穷困包围中必然的种种。”（《辰谿的煤》）沈先生是一个不习惯于大喊大叫的人，但这样的控诉实不能说是十分“温柔敦厚”。不知道为什么他的这些话很少有人注意。

沈从文不是一个悲观主义者。个人得失事小，国家前途事大。他曾经明确提出：“民族兴衰，事在人为。”就在那样黑暗腐朽（用他的说法是“腐烂”）的时候，他也没有丧失信心。他总是想激发青年的自尊心和自信心。“在事业上有以自现，在学术上有以自立。”他最反对愤世嫉俗，玩世不恭。在昆明，他就跟我说过：“千万不要冷嘲。”一九四六年，我到上海，失业，曾想过要自杀，他写了一封长信把我大骂了一通，说我没出息。信中又提到“千万不要冷嘲”。他在《〈长河〉题记》中说：“横在我们面前的许多事都使人痛苦，可是却不用悲观。社会还正在变化中，骤然而来的风风雨雨，说不定把许多人的高尚理想，卷扫摧残，弄得无踪无迹，然而一个人对于人类前途的热忱，和工作的虔敬态度，是应当永远存在，且必然能给后来者以极大鼓励的！”事情真奇怪，沈先生这些话是一九四二年说的，听起来却好像是针对“文化大革命”而说的。我们都是经过那十年“痛苦怕人”的生活，国家暂时还有许多困难，有许多问题待解决。有一些青年，包括一些青年作家，不免产生冷嘲情绪，觉得世事一无可取，也一无可为。你们是不是可以听听一个老作家四十年前所说的这些很迂执的话呢？

我说这些话好像有点岔了题。不过也还不是离题万里。我的目的只是想说说沈先生的以民族兴亡为己任的爱国热情。

沈先生关心的是人，人的变化，人的前途。他几次提家乡人的品德性格被一种“大力”所扭曲、压扁。“去乡已十八年，一入辰河流域，什么都不同了。表面上看来，事事物物自然都有了极大进步，试仔细注意注意，便见出在变化中的一种堕落趋势。最明显的事，即农村社会所保有那点正直朴素的人情美，几乎快要消失无余，代替而来的却是近二十年实际社会培养成功的一种唯实唯利的庸俗人生观。敬鬼神畏天命的迷信固然已经被常识所摧毁，然而做人时的义利取舍是非辨别也随同泯没了。”(《〈长河〉题记》)他并没有想把时间拉回去，回到封建宗法社会，归真返璞。他明白，那是不可能的。他只是希望能在一种新的条件下，使民族的热情、品德，那点正直朴素的人情美能够得到新的发展。他在回忆了划龙船的美丽情景后，想到，“我们用什么方法，就可使这些人心中感觉一种对‘明天’的‘惶恐’，且放弃过去对自然的和平态度，重新来一股劲儿，用划龙船的精神活下去？这些人在娱乐上的狂热，就证明这种狂热能换个方向，就可使他们还配在世界上占据一片土地，活得更愉快更长久一些。不过有什么方法，可以改造这些人的狂热到一件新的竞争方面去，可是个费思索的问题。”(《箱子岩》)“希望到这个地面上，还有一群精悍结实的青年，来驾驭钢铁征服自然，这责任应当归谁？”——“一时自然不会得到任何结论。”他希望青年人能活得“庄严一点，合理一点”，这当然也只是“近乎荒唐的理想”。不过他总是希望着。

他把希望寄托在几个明慧温柔，天真纯粹的小儿女身上。寄托在翠翠身上，寄托在《长河》里的三姊妹身上，也寄托在“一个多情水手与一个多情妇人”身上。——这是一篇写得很美的散文。牛保和那个不知名字的妇人的爱，是一种不正常的爱（这种不正常不该由他们负责），然而是一种非常淳朴真挚，非常美的爱。这种爱里闪耀着一种悠久的民族品德的光。沈先生在《〈长河〉题记》中说:“在《〈边城〉题记》上，曾提起一个问题，即拟将‘过去’和‘当前’对照，所谓民族品德的消失与重造，可能从什么地方着手。《边城》中人物的正直和热情，虽然已经成为过去陈迹了，应当还保留些本质在年轻人的血里或梦里，相宜环境中，即可重新燃起年轻人的自尊心和自信心。”提起《边城》和沈先生的许多其他作品，人们往往愿意和“牧歌”这个词联在一起。这有一半是误解。沈先生的文章有一点牧歌的调子。所写的多涉及自然美和爱情，这也有点近似牧歌。但就本质来说，和中世纪的田园诗不是一回事，不是那样恬静无为。有人说《边城》写的是一个世外桃源，更全部是误解（沈先生在《桃源与沅州》中就把来到桃源县访幽探胜的“风雅”人狠狠地嘲笑了一下）。《边城》（和沈先生的其他作品）不是挽歌，而是希望之歌。民族品德会回来么？

这个人也许永远不回来了，也许明天回来！

回来了！你看看张八寨那个弄船女孩子！

令我显得慌张的，并不是渡船的摇动，却是那个站在船头，嘱咐我不必慌张，自己却从从容容在那里当家作事的弄船女孩子。我们似乎相熟又十分陌生。世界上就真有这种巧事，原来她比我二十四年前写到的一个小说中人翠翠，虽晚生十来岁，目前所处环境却仿佛相同，同样在这么青山绿水中摆渡，青春生命在慢慢长成。不同处是社会变化大，见世面多，虽对人无机心，而对自己生存却充满信心。一种“从劳动中得到快乐增加幸福成功”的信心。这也正是一种新型的乡村女孩子共同的特征。目前一位有一点与众不同，只是所在背景环境。

沈先生的重造民族品德的思想，不知道为什么，多年来不被理解。“我作品能够在市场上流行，实际上近于买椟还珠，你们能欣赏我故事的清新，照例那作品背后蕴藏的热情却忽略了，你们能欣赏我文字的朴实，照例那作品背后隐伏的悲痛也忽略了。”“寄意寒星荃不察”，沈先生不能不感到寂寞。他的散文里一再提到屈原，不是偶然的。

寂寞不是坏事。从某个意义上，可以说寂寞造就了沈从文。寂寞有助于深思，有助于想象。“我有自己的生活与思想，可以说是皆从孤独中得来的。我的教育，也是从孤独中得来的。”他的四十本小说，是在寂寞中完成的。他所希望的读者，也是“在多种事业里低头努力，很寂寞地从事于民族复兴大业的人”(《〈长河〉题记》)。安于寂寞是一种美德。寂寞的人是充实的。

寂寞是一种境界，一种很美的境界。沈先生笔下的湘西，总是那么安安静静的。边城是这样，长河是这样，鸭窠围、杨家岨也是这样。静中有动，静中有人。沈先生擅长用一些颜色、一些声音来描绘这种安静的诗境。在这方面，他在近代散文作家中可称圣手。

黑夜占领了全个河面时，还可以看到木筏上的火光，吊脚楼窗口的灯光，以及上岸下船在河岸大石间飘忽动人的火炬红光。这时节岸上船上都有人说话，吊脚楼上且有妇人在黯淡灯光下唱小曲的声音，每次唱完一支小曲时，就有人笑嚷。什么人家吊脚楼下有只小羊叫，固执而且柔和的声音，使人听来觉得忧郁。

这些人房子窗口既一面临河，可以凭了窗口呼喊河下船中人，当船上人过了瘾，胡闹已够，下船时，或者尚有些事情嘱托，或者其他原因，一个晃着火炬停顿在大石间，一个便凭立在窗口，“大老你记着，船下行时又来！”“好，我来的，我记着的。”“你见了顺顺就说：‘会呢，完了；孩子大牛呢，脚膝骨好了；细粉带三斤，冰糖或片糖带三斤。’”“记得到，记得到，大娘你放心，我见了顺顺大爷就说：‘会呢，完了。大牛呢，好了。细粉来三斤，冰糖来三斤。’”“杨氏，杨氏，一共四吊七，莫错账！”“是的，放心呵，你说四吊七就四吊七，年三十夜莫会多要你的！你自己记着就是了。”这样那样的说着，我一一都可听到，而且一面还可以听着在黑暗中某一处咩咩的羊鸣。

（《鸭窠围的夜》）

真是如闻其声。这样的河上河下喊叫着的对话，我好像在别一处也曾听到过。这是一些多么平常琐碎的话呀，然而这就是人世的生活。那只小羊固执而柔和地叫着，使沈先生不能忘记，也使我多年不能忘记，并且如沈先生常说的，一想起就觉得心里“很软”。

不多久，许多木筏皆离岸了，许多下行船也拔了锚，推开篷，着手荡桨摇橹了。我卧在船舱中，就只听到水面人语声，以及橹桨激水声，与橹桨本身被扳动时咿咿哑哑声。河岸吊脚楼上妇人在晓气迷濛中锐声的喊人，正如同音乐中的笙管一样，超越众声而上。河面杂声的综合，交织了庄严与流动，一切真是一个圣境。

岸上吊脚楼前枯树边，正有两个妇人，穿了毛蓝布衣服，不知商量些什么，幽幽的说着话。这里雪已极少，山头皆裸露作深棕色，远山则为深紫色。地方静得很，河边无一只船，无一个人，无一堆柴。河边某一个大石后面，有人正在捶捣衣服，一下一下的捣。对河也有人说话，却看不清楚人在何处。

（《一个多情水手与一个多情妇人》）

“空山不见人，但闻人语响”，“竹喧归浣女，莲动下渔舟”，静中有动，以动为静，这是中国文学的一个长久的传统。但是这种境界只有一个摆脱浮世的营扰，习惯于寂寞的人方能于静观中得之。齐白石题画云：“白石老人心闲气静时一挥”，寂寞安静，是艺术创作所必需的气质。一个热衷于利禄，心气浮躁的人，是不能接近自然，也不能接近生活的。沈先生“习静”的方法是写字。在昆明，有一阵，他常常用毛笔在竹纸上书写的两句诗是“绿树连村暗，黄花入麦稀”。我就是从他常常书写的这两句诗（当然不止这两句）里解悟到应该怎样用少量文字描写一种安静而活泼，充满生气的“人境”的。

我就是个不想明白道理却永远为现象所倾心的人。我看一切，却并不把那个社会价值掺加进去，估定我的爱憎。我不愿问价钱上的多少来为万物作一个好坏批评，却愿意考查他在我官觉上使我愉快不愉快的分量。我永远不厌倦的是“看”一切。宇宙万汇在动作中，在静止中，在我印象里，我都能抓定它的最美丽与最调和的风度，但我的爱好显然却不能同一般目的相合。我不明白一切同人类生活相联结时的美恶，另外一句话来说，就是我不大领会伦理的美。接近人生时我永远是个艺术家的感情，却不是所谓道德君子的感情。

（《自传·女难》）

沈先生五十年前所作的这个“自我鉴定”是相当准确的。他的这种诗人气质，从小就有，至今不衰。

《从文自传》是一本奇特的书。这本书可以从各种角度去看。你可以看到从辛亥革命到“五四”湘西一隅的怕人生活，了解一点中国历史；可以看到一个人“生活陷于完全绝望中，还能充满勇气与信心始终坚持工作，他的动力来源何在”，从而增加一点自己对生活的勇气与信心。沈先生自己说这是一本“顽童自传”。我对这本书特别感兴趣，是因为这是一本培养作家的教科书，它告诉我人是怎样成为诗人的。一个人能不能成为一个作家，童年生活是起决定作用的。首先要对生活充满兴趣，充满好奇心，什么都想看看。要到处看，到处听，到处闻嗅，一颗心“永远为一种新鲜颜色，新鲜声音，新鲜气味而跳”，要用感官去“吃”各种印象。要会看，看得仔细，看得清楚，抓得住生活中“最美的风度”；看了，还得温习，记着，回想起来还异常明朗，要用时即可方便地移到纸上。什么都去看看，要在平平常常的生活里看到它的美，它的诗意，它的亚细亚式残酷和愚昧。比如，熔铁，这有什么看头呢？然而沈先生却把这过程写了好长一段，写得那样生动！一个打豆腐的，因为一件荒唐的爱情要被杀头，临刑前柔弱的笑笑，“我记得这个微笑，十余年来在我印象中还异常明朗”（《清乡所见》）。沈先生的这本《自传》中记录了很多他从生活中得到的美的深刻印象和经验。一个人的艺术感觉就是这样从小锻炼出来的。有一本书叫做《爱的教育》，沈先生这本书实可称为一本“美的教育”。我就是从这本薄薄的小书里学到很多东西，比读了几十本文艺理论书还有用。

沈先生是个感情丰富的人，非常容易动情，非常容易受感动（一个艺术家若不比常人更为善感，是不成的）。他对生活，对人，对祖国的山河草木都充满感情，对什么都爱着，用一颗蔼然仁者之心爱着。

山头一抹淡淡的午后阳光感动我，水底各色圆如棋子的石头也感动我。我心中似乎毫无渣滓，透明烛照，对万汇百物，对拉船人与小小船只，一切都那么爱着，十分温暖的爱着！

（一九三四年一月十八日）

因为充满感情，才使《湘行散记》和《湘西》流溢着动人的光彩。这里有些篇章可以说是游记或报告文学，但不同于一般的游记或报告文学，它不是那样冷静，那样客观。有些篇，单看题目，如《常德的船》、《沅陵的人》，尤其是《辰谿的煤》，真不知道这会是一些多么枯燥无味的东西，然而你看下去，你就会发现，一点都不枯燥！它不同于许多报告文学，是因为作者生于斯，长于斯，在这里生活过（而且是那样的生活过），它是凭作者自己的生活经验，凭亲历的第一手材料写的；不是凭采访调查材料写的。这里寄托了作者的哀戚、悲悯和希望，作者与这片地，这些人是血肉相关的，感情是深沉而真挚的，不像许多报告文学的感情是空而浅的，——尽管装饰了好多动情的词句。因为作者对生活熟悉且多情，故写来也极自如，毫无勉强，有时不厌其烦，使读者也不厌其烦；有时几笔带过，使读者悠然神往。

和抒情诗人气质相联系的，是沈先生还很富于幽默感。《一个爱惜鼻子的朋友》是一篇非常有趣的妙文。我每次看到："姓印的可算得是个球迷。任何人邀他去踢球，他皆高兴奉陪，球离他不管多远，他总得赶去踢那么一脚。每到星期天，军营中有人往沿河下游四里的教练营大操场同学兵玩球时，这个人也必参加热闹。大操场里极多牛粪，有一次同人争球，见牛粪也拼命一脚踢去，弄得另一个人全身一塌糊涂"，总难免失声大笑。这个人大概就是《自传》里提到的印鉴远。我好像见过这个人。黑黑，瘦瘦的，说话时爱往前探着头。而且无端地觉得他的脚背一定很高。细想想，大概是没有见过，我见过他的可能性极小。因为沈先生把他写得太生动，以至于使他在我印象里活起来了。沅陵的阙五老，是个多有风趣的妙人！沈先生的幽默是很含蓄蕴藉的。他并不存心逗笑，只是充满了对生活的情趣，觉得许多人，许多事都很好玩。只有一个心地善良，与人无忤，好脾气的人，才能有这种透明的幽默感。他是用微笑来看这个世界的，经常总是很温和地笑着，很少生气着急的时候。——当然也有。

仁者寿。因为这种抒情气质，从不大计较个人得失荣辱，沈先生才能经受了各种打击磨难，依旧还好好地活了下来。八十岁了，还是精力充沛，兴致勃勃。他后来“改行”搞文物研究，乐此不疲，每日孜孜，一坐下去就是十几个小时，也跟这点诗人气质有关。他搞的那些东西，陶瓷、漆器、丝绸、服饰，都是“物”，但是他看到的是人，人的聪明，人的创造，人的艺术爱美心和坚持不懈的劳动。他说起这些东西时那样兴奋激动，赞叹不已，样子真是非常天真。他搞的文物工作，我真想给它起一个名字，叫做“抒情考古学”。

沈先生的语言文字功力，是举世公认的。所以有这样的功力，一方面是由于读书多。“由《楚辞》、《史记》、曹植诗到‘挂枝儿’曲，什么我都欢喜看看。”我个人觉得，沈先生的语言受魏晋人文章影响较大。试看:“由沅陵南岸看北岸山城，房屋接瓦连椽，较高处露出雉堞，沿山围绕，丛树点缀其间，风光入眼，实不俗气。由北岸向南望，则河边小山间，竹园、树木、庙宇、高塔、民居，仿佛各个位置都在最适当处。山后较远处群峰罗列，如屏如障，烟云变幻，颜色积翠堆蓝。早晚相对，令人想象其中必有帝子天神，驾螭乘蜺，驰骋其间。绕城长河，每年三四月春水发后，洪江油船颜色鲜明，在摇橹歌呼中联翩下驶。长方形大木筏，数十精壮汉子，各据筏上一角，举桡激水，乘流而下。就中最令人感动处，是小船半渡，游目四瞩，俨然四围皆山，山外重山，一切如画。水深流速，弄船女子，腰腿劲健，胆大心平，危立船头，视若无事。”(《沅陵的人》)这不令人想到郦道元的《水经注》？我觉得沈先生写得比郦道元还要好些，因为《水经注》

没有这样的生活气息，他多写景，少写人。另外一方面，是从生活学，向群众学习。“我文字风格，假若还有些值得注意处，那只因为我记得水上人的言语太多了。”（《我的写作与水的关系》）沈先生所用的字有好些是直接从生活来，书上没有的。比如：“我一个人坐在灌满冷气的小小船舱中”的“灌”字（《箱子岩》），“把鞋脱了还不即睡，便镶到水手身旁去看牌”的“镶”字（《鸭窠围的夜》）。这就同鲁迅在《高老夫子》里“我辈正经人犯不上酱在一起”的“酱”字一样，是用得非常准确的。这样的字，在生活里，群众是用着的，但在知识分子口中，在许多作家的笔下，已经消失了。我们应当在生活里多找找这种字。还有一方面，是不断地实践。

沈先生说：“本人学习用笔还不到十年，手中一支笔，也只能说正逐渐在成熟中，慢慢脱去矜持、浮夸、生硬、做作，日益接近自然。”（《从文自传·附记》）沈先生写作，共三十年。头一个十年，是试验阶段，学习使用文字阶段。当中十年，是成熟期。这些散文正是成熟期所写。成熟的标志，是脱去“矜持、浮夸、生硬、做作”。

沈先生说他的作品是一些“习作”，他要试验用各种不同方法来组织铺陈。这几十篇散文所用的叙事方法就没有一篇是雷同的！

一切作品都需要个性，都必须浸透作者人格和感情，想达到这个目的，写作时要独断，彻底的独断！（文学在这时代虽不免被当作商品之一种，便是商品，也有精粗，且即在同一物品上，制作者还可匠心独运，不落窠臼，社会上流行的风格，流行的款式，尽可置之不问。）

（《从文小说习作选·代序》）

这在今天，对许多青年作家，也不失为一种忠告。一个作家，要有自己的风格，经得起时间的考验，必须耐得住寂寞，不要赶时髦，不要追求“票房价值”。

> 虽然如此，我还预备继续我这个工作，且永远不放下我一点狂妄的想象，以为在另外一时，你们少数的少数，会越过那条间隔城乡的深沟，从一个乡下人的作品中，发现一种燃烧的感情，对于人类智慧与美丽永远的倾心，康健诚实的赞颂，以及对愚蠢自私极端憎恶的感情。这种感情且居然能刺激你们，引起你们对人生向上的憧憬，对当前一切的怀疑。先生，这打算在目前近于一个乡下人的打算，是不是。然而到另外一时，我相信有这种事。
>
> （《从文小说习作选·代序》）

莫非这“另外一时”已经到了么？

一九八二年十一月三日上午写完

星斗其文，赤子其人

沈先生逝世后，傅汉斯、张充和从美国电传来一副挽辞。字是晋人小楷，一看就知道是张充和写的。词想必也是她拟的。只有四句：

不折不从　亦慈亦让

星斗其文　赤子其人

这是嵌字格，但是非常贴切，把沈先生的一生概括得很全面。这位四妹对三姐夫沈二哥真是非常了解。——荒芜同志编了一本《我所认识的沈从文》，写得最好的一篇，我以为也应该是张充和写的《三姐夫沈二哥》。

沈先生的血管里有少数民族的血液。他在填履历表时，“民族”一栏里填土家族或苗族都可以，可以由他自由选择。湘西有少数民族血统的人大都有一股蛮劲，狠劲，做什么都要做出一个名堂。黄永玉就是这样的人。沈先生瘦瘦小小（晚年发胖了），但是有用不完的精力。他小时候是一个顽童，爱游泳（他叫“游水”），进城后好像就不游了。三姐（师母张兆和）很想看他游一次泳，但是没有看到。我当然更没有看到过。他少年当兵，漂泊转徙，很少连续几晚睡在同一张床上。吃的东西，最好的不过是切成四方的大块猪肉（煮在豆芽菜汤里）。行军、拉船，锻炼出一副极富耐力的体魄。二十岁冒冒失失地闯到北平来，举目无亲。连标点符号都不会用，就想用手中一支笔打出一个天下。经常为弄不到一点东西“消化消化”而发愁。冬天屋里生不起火，用被子围起来，还是不停地写。我一九四六年到上海，因为找不到职业，情绪很坏，他写信把我骂了一顿，说：“为了一时的困难，就这样哭哭啼啼的，甚至想到要自杀，真实没出息！你手中有一支笔，怕什么！”他在信里说了一些他刚到北京时的情形。——同时又叫三姐从苏州写了一封很长的信安慰我。他真的用一支笔打出了一个天下了。一个只读过小学的人，竟成了一个大作家，而且积累了那么多的学问，真是一个奇迹。

沈先生很爱用一个别人不常用的词：“耐烦”。他说自己不是天才（他应该算是个天才），只是耐烦。他对别人的称赞，也常说“要算耐烦”。看见儿子小虎搞机床设计时，说“要算耐烦”。看见孙女小红做作业时，也说“要算耐烦”。他的“耐烦”，意思就是锲而不舍，不怕费劲。一个时期，沈先生每个月都要发表几篇小说，每年都要出几本书，被称为“多产作家”，但是写东西不是很快的，从来不是一挥而就。他年轻时常常日以继夜地写。他常流鼻血。血液凝聚力差，一流起来不易止住，很怕人。有时夜间写作，竟致昏倒，伏在自己的一摊鼻血里，第二天才被人发现。我就亲眼看到过他的带有鼻血痕迹的手稿。他后来还常流鼻血，不过不那么厉害了。他自己知道，并不惊慌。很奇怪，他连续感冒几天，一流鼻血，感冒就好了。他的作品看起来很轻松自如，若不经意，但都是苦心刻琢出来的。《边城》一共不到七万字，他告诉我，写了半年。他这篇小说是《国闻周报》上连载的，每期一章。小说共二十一章，21×7=147，我算了算，差不多正是半年。这篇东西是他新婚后写的，那时他住在达子营。巴金住在他那里。他们每天写，巴老在屋里写，沈先生搬个小桌子，在院子里树阴下写，巴老写了一个长篇，沈先生写了《边城》。他称他的小说为“习作”，并不完全是谦虚。有些小说是为了教创作课给学生示范而写的，因此试验了各种方法。为了教学生写对话，有的小说通篇都用对话组成，如《若墨医生》；有的，一句对话也没有。《月下小景》确是为了履行许给张家小五的诺言“写故事给你看”而写的，同时，当然是为了试验一下“讲故事”的方法（这一组“故事”明显地看得出受了《十日谈》和《一千零一夜》的影响）。同时，也为了试验一下把六朝译经和口语结合的文体。这种试验，后来形成一种他自己说是“文白夹杂”的独特的沈从文体，在四十年代的文字（如《烛虚》）中尤为成熟。他的亲戚，语言学家周有光曾说“你的语言是古英语”，甚至是拉丁文。沈先生讲创作，不大爱说“结构”，他说是“组织”。我也比较喜欢“组织”这个词。“结构”过于理智，“组织”更带感情，较多作者的主观。他曾把一篇小说一条一条地裁开，用不同方法组织，看看哪一种形式更为合适。沈先生爱改自己的文章。他的原稿，一改再改，天头地脚页边，都是个性的字迹，蜘蛛网似的，这里牵出一条，那里牵出一条。作品发表了，改。成书了，改。看到自己的文章，总要改。有时改了多次，反而不如原来的，以致三姐后来不许他改了（三姐是沈先生文集的一个极其细心、极其认真的义务责任编辑）。沈先生的作品写得最快，最顺畅，改得最少的，只有一本《从文自传》。这本自传没有经过冥思苦想，只用了三个星期，一气呵成。

他不大用稿纸写作。在昆明写东西，是用毛笔写在当地出产的竹纸上的，自己折出印子。他也用钢笔、蘸水钢笔。他抓钢笔的手势有点像抓毛笔（这一点可以证明他不是洋学堂出身）。《长河》就是用钢笔写的，写在一个硬面的练习簿上，直行，两面写。他的原稿的字很清楚，不潦草，但写的是行书。不熟悉他的字体的排字工人是会感到困难的。他晚年写信写文章爱用秃笔淡墨。用秃笔写那样小的字，不但清楚，而且顿挫有致，真是一个功夫。

他很爱自己的家乡。他的《湘西》、《湘行散记》和许多篇小说可以作证。他不止一次和我谈起棉花坡，谈起枫树坳，——一到秋天满城落了枫树的红叶。一说起来，不胜神往。黄永玉画过一张凤凰沈家门外的小巷，屋顶墙壁颇零乱，有大朵大朵的红花——不知是不是夹竹桃，画面颜色很浓，水汽泱泱。沈先生很喜欢这张画，说："就是这样！"八十岁那年，和三姐一同回了一次凤凰，领着她看了他小说中所写的各处，都还没有大变样。家乡人闻知沈从文回来了，简直不知怎样招待才好。他说："他们为我捉了一只锦鸡！"锦鸡毛羽很好看，他很爱那只锦鸡，还抱着它照了一张相，后来知道竟作了他的盘中餐，对三姐说："真煞风景！"锦鸡肉并不怎么好吃。沈从文说及时大笑，但也表现出对乡人的殷勤十分感激。他在家乡听了傩戏，这是一种古调犹存的很老的弋阳腔。打鼓的是一位七十多岁的老人，他对年轻人打鼓失去旧范很不以为然。沈先生听了，说："这是楚声，楚声！"他动情地听着"楚声"，泪流满面。

沈从文八十岁生日，我曾写了一首诗送给他，开头两句是：

犹及回乡听楚声，
此身虽在总堪惊。

端木蕻良看到这首诗，认为“犹及”二字很好。我写下来的时候就有点觉得这不大吉利，没想到沈先生再也不能回家乡听一次了！他的家乡每年有人来看他，沈先生非常亲切地和他们谈话，一坐半天。每当同乡人来了，原来在座的朋友或学生就只有退避在一边，听他们谈话。沈先生很好客，朋友很多。老一辈的有林宰平、徐志摩。沈先生提及他们时充满感情。没有他们的提挈，沈先生也许就会当了警察，或者在马路旁边“瘪了”。我认识他后，他经常来往的有杨振声、张奚若、金岳霖、朱光潜诸先生、梁思成林徽因夫妇。他们的交往真是君子之交，既无朋党色彩，也无酒食征逐。清茶一杯，闲谈片刻。杨先生有一次托沈先生带信，让我到南锣鼓巷他的住处去，我以为有什么事。去了，只是他亲自给我煮一杯咖啡，让我看一本他收藏的姚茫父的册页。这册页的芯子只有火柴盒那样大，横的，是山水，用极富金石味的墨线勾轮廓，设极重的青绿，真是妙品。杨先生对待我这个初露头角的学生如此，则其接待沈先生的情形可知。杨先生和沈先生夫妇曾在颐和园住过一个时期，想来也不过是清晨或黄昏到后山谐趣园一带走走，看看湖里的金丝莲，或写出一张得意的字来，互相欣赏欣赏，其余时间各自在屋里读书做事，如此而已。沈先生对青年的帮助真是不遗余力。他曾经自己出钱为一个诗人出了第一本诗集。

一九四七年，诗人柯原的父亲故去，家中拉了一笔债，沈先生提出卖字来帮助他。《益世报》登出了沈从文卖字的启事，买字的可定出规格，而将价款直接寄给诗人。柯原一九八〇年去看沈先生，沈先生才记起有这回事。他对学生的作品细心修改，寄给相熟的报刊，尽量争取发表。他这辈子为学生寄稿的邮费，加起来是一个相当可观的数字。抗战时期，通货膨胀，邮费也不断涨，往往寄一封信，信封正面反面都得贴满邮票。为了省一点邮费，沈先生总是把稿纸的天头地脚页边都裁去，只留一个稿芯，这样分量轻一点。稿子发表了，稿费寄来，他必为亲自送去。李霖灿在丽江画玉龙雪山，他的画都是寄到昆明，由沈先生代为出手的。我在昆明写的稿子，几乎无一篇不是他寄出去的。一九四六年，郑振铎、李健吾先生在上海创办《文艺复兴》，沈先生把我的《小学校的钟声》和《复仇》寄去。这两篇稿子写出已经有几年，当时无地方可发表。稿子是用毛笔楷书写在学生作文的绿格本上的，郑先生收到，发现稿纸上已经叫蠹虫蛀了好些洞，使他大为激动。沈先生对我这个学生是很喜欢的。为了躲避日本飞机空袭，他们全家有一阵住在呈贡新街，后迁跑马山桃源新村。沈先生有课时进城住两三天。他进城时，我都去看他，交稿子，看他收藏的宝贝，借书。沈先生的书是为了自己看，也为了借给别人看的。“借书一痴，还书一痴”。借书的痴子不少，还书的痴子可不多。有些书借出去一去无踪。有一次，晚上，我喝得烂醉，坐在路边，沈先生到一处演讲回来，以为是一个难民，生了病，走近看看，是我！他和两个同学把我扶到他住处，灌了好些酽茶，我才醒过来。有一回我去看他，牙疼，腮帮子肿得老高。沈先生开了门，一看，一句话没说，出去买了几个大橘子抱着回来了。沈先生的家庭是我见到的最好的家庭，随时都在亲切和谐气氛中。两个儿子，小龙小虎，兄弟怡怡。他们都很高尚清白，无丝毫庸俗习气，无一句粗鄙言语，——他们都很幽默，但幽默得很温雅。一家人于钱上都看得很淡。《沈从文文集》的稿费寄到，九千多元，大概开过家庭会议，又从存款中取出几百元，凑成一万，寄到家乡办学。沈先生也有生气的时候，也有极度烦恼痛苦的时候，在昆明，在北京，我都见到过，但多数时候都是笑眯眯的。他总是用一种善意的、含情的微笑，来看这个世界的一切。到了晚年，喜欢放声大笑，笑得合不拢嘴，且摆动双手作势，真像一个孩子。只有看破一切人事乘除，得失荣辱，全置度外，心地明净无渣滓的人，才能这样畅快地大笑。

沈先生五十年代后放下写小说散文的笔（偶然还写一点，笔下仍极活泼，如写纪念陈翔鹤文章，实写得极好），改业钻研文物，而且钻出了很大的名堂，不少中国人、外国人都很奇怪。实不奇怪。沈先生很早就对历史文物有很大兴趣。他写的关于展子虔《游春图》的文章，我以为是一篇重要文章，从人物服装颜色式样考订到图画的年代和真伪，是别的鉴赏家所未注意的方法。他关于书法的文章，特别是对宋四家的看法，很有见地。在昆明，我陪他去遛街，总要看看市招，到裱画店看看字画。昆明市政府对面有一堵大照壁，写满了一壁字（内容已不记得，大概不外是总理遗训），字有七八寸见方大，掺一点北魏造像题记笔意，白墙蓝字，是一位无名书家写的，写得实在好。我们每次经过，都要去看看。昆明有一位书法家叫吴忠荩，字写得极多，很多人家都有他的字，家家裱画店都有他刚裱好的字。字写得很熟练，行书，只是用笔枯扁，结体少变化。沈先生还去看过他，说：“这位老先生写了一辈子字！”意思颇为他水平受到限制而惋惜。昆明碰碰撞撞都可见到黑漆金字抱柱楹联上钱南园的四方大颜字，也还值得一看。沈先生到北京后即喜欢搜集瓷器。有一个时期，他家用的餐具都是很名贵的旧瓷器，只是不配套，因为是一件一件买回来的。他一度专门搜集青花瓷。买到手，过一阵就送人。西南联大好几位助教、研究生结婚时都收到沈先生送的雍正青花的茶杯或酒杯。沈先生对陶瓷赏鉴极精，一眼就知是什么朝代的。一个朋友送我一个梨皮色釉的粗瓷盒子，我拿去给他看，他说：“元朝东西，民间窑！”有一阵搜集旧纸，大都是乾隆以前的。多是染过色的，瓷青的、豆绿的、水红的，触手细腻到像煮熟的鸡蛋白外的薄皮，真是美极了。至于茧纸、高丽发笺，那是凡品了。（他搜集旧纸，但自己舍不得用来写字。晚年写字用糊窗户的高丽纸，他说：“我的字值三分钱。”）

在昆明，搜集了一阵耿马漆盒。这种漆盒昆明的地摊上很容易买到，且不贵。沈先生搜集器物的原则是“人弃我取”。其实这种竹胎的，涂红黑两色漆，刮出极繁复而奇异的花纹的圆盒是很美的。装点心，装花生米，装邮票杂物均合适，放在桌上也是个摆设。这种漆盒也都陆续送人了。客人来，坐一阵，临走时大都能带走一个漆盒。有一阵研究中国丝绸，弄到许多大藏经的封面，各种颜色都有：宝蓝的、茶褐的、肉色的，花纹也是各式各样。沈先生后来写了一本《中国丝绸图案》。有一阵研究刺绣。除了衣服、裙子，弄了好多扇套、眼镜盒、香袋。不知他是从哪里“寻摸”来的。这些绣品的计法真是多种多样。我只记得有一种绣法叫“打子”，是用一个一个丝线疙瘩缀出来的。他给我看一种绣品，叫“七色晕”，用七种颜色的绒绣成一个团花，看了真叫人发晕。他搜集、研究这些东西，不是为了消遣，是从中发现、证实中国历史文化的优越这个角度出发的，研究时充满感情。我在他八十岁生日写给他的诗里有一联：

玩物从来非丧志，著书老去为抒情。

这全是纪实。沈先生提及某种文物时常是赞叹不已。马王堆那副不到一两重的纱衣，他不知说了多少次。刺绣用的金线原来是盲人用一把刀，全凭手感，就金箔上切割出来的。他说起时非常感动。有一个木偶（大概是楚俑）一尺多高，衣服非常特别：上衣的一半（连同袖子）是黑色，一半是红的；下裳正好相反，一半是红的，一半是黑的。沈先生说：“这真是现代派！”如果照这样式（一点不用修改）做一件时装，拿到巴黎去，由一个长身细腰的模特儿穿起来，到表演台上转那么一转，准能把全巴黎都“镇”了！他平生搜集的文物，在他生前全都分别捐给了几个博物馆、工艺美术院校和工艺美术工厂，连收条都不要一个。

沈先生自奉甚薄。穿衣服从不讲究。他在《湘行散记》里说他穿了一件细毛料的长衫，这件长衫我可没见过。我见他时总是一件洗得褪了色的蓝布长衫，夹着一摞书，匆匆忙忙地走。解放后是蓝卡其布或涤卡的干部服，黑灯芯绒的“懒汉鞋”。有一年做了一件皮大衣（我记得是从房东手里买的一件旧皮袍改制的，灰色粗线呢面），他穿在身上，说是很暖和，高兴得像一个孩子。吃得很清淡，我没见他下过一次馆子。在昆明，我到文林街二十号他的宿舍去看他，到吃饭时总是到对面米线铺吃一碗一角三分钱的米线。有时加一个西红柿，打一个鸡蛋，超不过两角五分。三姐是会做菜的，会做八宝糯米鸭，炖在一个大砂锅里，但不常做。他们住在中老胡同时，有时张充和骑自行车到前门月盛斋买一包烧羊肉回来，就算加了菜了。在小羊宜宾胡同时，常吃的不外是炒四川的菜头、炒慈姑。沈先生爱吃慈姑，说“这个好，比土豆‘格’高”。他在《自传》中说他很会炖狗肉，我在昆明，在北京都没见他炖过一次。有一次，他到他的助手王亚蓉家去，先来看看我（王亚蓉住在我们家马路对面，——他七十多了，血压高到二百多，还常为了一点研究资料上的小事到处跑），我让他过一会来吃饭。他带来一卷画，是古代马戏图的摹本，实在是很精彩。他非常得意地问我的女儿:“精彩吧？”那天我给他做了一只烧羊腿，一条鱼。他回家一再向三姐称道:“真好吃。”他经常吃的荤菜是：猪头肉。

他的丧事十分简单。他凡事不喜张扬，最反对搞个人的纪念活动。反对“办生做寿”。他生前累次嘱咐家人，他死后，不开追悼会，不举行遗体告别。但火化之前，总要有一点仪式。新华社消息的标题是“沈从文告别亲友和读者”，是合适的。只通知少数亲友。——有一些景仰他的人是未接通知自己去的。不收花圈，只有约二十多个布满鲜花的花篮，很大的白色的百合花、康乃馨、菊花、菖兰。参加仪式的人也不戴纸制的白花，但每人发给一枝半开的月季，行礼后放在遗体边。不放哀乐，放沈先生生前喜爱的音乐，如贝多芬的“悲怆”奏鸣曲等。沈先生面色如生，很安详地躺着。我走近他身边，看着他，久久不能离开。这样一个人，就这样地去了。我看他一眼，又看一眼，我哭了。

沈先生家有一盆虎耳草，种在一个椭圆形的小小钧窑盆里。很多人不认识这种草。这就是《边城》里翠翠在梦里采摘的那种草，沈先生喜欢的草。

一九八八年五月二十六日

赵树理同志二三事

赵树理同志身高而瘦。面长鼻直，额头很高。眉细而微弯，眼狭长，与人相对，特别是倾听别人说话时，眼角常若含笑。听到什么有趣的事，也会咕咕地笑出声来。有时他自己想到什么有趣的事，也会咕咕地笑起来。赵树理是个非常富于幽默感的人。他的幽默是农民式的幽默，聪明，精细而含蓄，不是存心逗乐，也不带尖刻伤人的芒刺，温和而有善意。他只是随时觉得生活很好玩，某人某事很有意思，可发一笑，不禁莞尔。他的幽默感在他的作品里和他的脸上随时可见（我很希望有人写一篇文章，专谈赵树理小说中的幽默感，我以为这是他的小说的一个很大的特点）。赵树理走路比较快（他的腿长；他的身体各部分都偏长，手指也长），总好像在侧着身子往前走，像是穿行在热闹的集市的人丛中，怕碰着别人，给别人让路。赵树理同志是我见到过的最没有架子的作家，一个让人感到亲切的、妩媚的作家。

树理同志衣着朴素，一年四季，总是一身蓝咔叽布的制服。但是他有一件很豪华的“行头”，一件水獭皮领子、礼服呢面的狐皮大衣。他身体不好，怕冷，冬天出门就穿起这件大衣来。那是刚“进城”的时候买的。那时这样的大衣很便宜，拍卖行里总挂着几件。奇怪的是他下乡体验生活，回到上党农村，也是穿了这件大衣去。那时作家下乡，总得穿得像个农民，至少像个村干部，哪有穿了水獭领子狐皮大衣下去的？可是家乡的农民并不因为这件大衣就和他疏远隔阂起来，赵树理还是他们的“老赵”，老老少少，还是跟他无话不谈。看来，能否接近农民，不在衣裳。但是敢于穿了狐皮大衣而不怕农民见外的，恐怕也只有赵树理同志一人而已。——他根本就没有考虑穿什么衣服“下去”的问题。

他吃得很随便。家眷未到之前，他每天出去“打游击”。他总是吃最小的饭馆。霞公府（他在霞公府市文联宿舍住了几年）附近有几家小饭馆，树理同志是常客。这种小饭馆只有几个菜。最贵的菜是小碗坛子肉，最便宜的菜是“炒和菜盖被窝”——菠菜炒粉条，上面盖一层薄薄的摊鸡蛋。树理同志常吃的菜便是炒和菜盖被窝。他工作得很晚，每天十点多钟要出去吃夜宵。和霞公府相平行的一个胡同里有一溜卖夜宵的摊子。树理同志往长板凳上一坐，要一碗馄饨，两个烧饼夹猪头肉，喝二两酒，自得其乐。

喝了酒，不即回宿舍，坐在传达室，用两个指头当鼓箭，在一张三屉桌子打鼓。他打的是上党梆子的鼓。上党梆子的锣经和京剧不一样，很特别。如果有外人来，看到一个长长脸的中年人，在那里如醉如痴地打鼓，绝不会想到这就是作家赵树理。

赵树理是一个多才多艺的农村才子。王春同志在一篇文章中提到过树理同志曾在一个集上一个人唱了一台戏：口念锣经过门，手脚并用作身段，还误不了唱。这是可信的。我就亲眼见过树理同志在市文联内部晚会上表演过起霸。见过高盛麟、孙毓堃起霸的同志，对他的上党起霸不是那么欣赏，他还是口念锣经，一丝不苟地起了一趟“全霸”，并不是比画两下就算完事。虽是逢场作戏，但是也像他写小说、编刊物一样地认真。

赵树理同志很能喝酒，而且善于划拳。他的划拳是一绝：两只手同时用，一会儿出右手，一会儿出左手。老舍先生那几年每年要请两次客，把市文联的同志约去喝酒。一次是秋天，菊花盛开的时候，赏菊（老舍先生家的菊花养得很好，他有个哥哥，精于艺菊，称得起是个“花把式”）；一次是腊月二十三，那天是老舍先生的生日。酒、菜，都很丰盛而有北京特点。老舍先生豪饮（后来因血压高戒了酒），而且划拳极精。老舍先生划拳打通关，很少输的时候。划拳是个斗心眼的事，要捉摸对方的拳路，判定他会出什么拳。年轻人斗不过他，常常是第一个“俩好”就把小伙子“一板打死”。对赵树理，他可没有办法，树理同志这种左右开弓的拳法，他大概还没有见过，很不适应，结果往往败北。

赵树理同志讲话很“随便”。那一阵很多人把中国农村说得过于美好，文艺作品尤多粉饰，他很有意见。他经常回家乡，回来总要做一次报告，说说农村见闻。他认为农村还是很穷，日子过得很艰难。他戏称他戴的一块表为“五驴表”，说这块表的钱在农村可以买五头毛驴。——那时候谁家能买五头毛驴，算是了不起的富户了。他的这些话是不合时宜的，后来挨了批评，以后说话就谨慎一点了。

赵树理同志抽烟抽得很凶。据王春同志的文章说，在农村的时候，嫌烟袋锅子抽了不过瘾，用一个山药蛋挖空了，插一根小竹管，装了一“蛋”烟，狂抽几口，才算解气。进城后，他抽烟卷，但总是抽最次的烟。他抽的是什么牌子的烟，我不记得了，只记得是棕黄的皮儿，烟味极辛辣。他逢人介绍这种牌子的烟，说是价廉物美。

赵树理同志担任《说说唱唱》的副主编，不是挂一个名，他每期都亲自看稿，改稿。常常到了快该发稿的日期，还没有合用的稿子，他就把经过初、二审的稿子抱到屋里去，一篇一篇地看，差一点的，就丢在一边，弄得满室狼藉。忽然发现一篇好稿，就欣喜若狂，即交编辑部发出。他把这种编辑方法叫做“绝处逢生法”。有时实在没有较好的稿子，就由编委之一自己动手写一篇。有一次没有像样的稿子，大概是康濯同志说：“老赵，你自己搞一篇！”老赵于是关起门来炮制。《登记》(即《罗汉钱》)就是在这种等米下锅的情况下急就出来的。

赵树理同志的稿子写得很干净清楚，几乎不改一个字。他对文字有“洁癖”，容不得一个看了不舒服的字。有一个时候，有人爱用“妳”字。有的编辑也喜欢把作者原来用的“你”改“妳”。树理同志为此极为生气。两个人对面说话，本无需标明对方是不是女性。世界语言中第二人称代名词也极少分性别的。“妳”字读“奶”，不读“你”。有一次树理同志在他的原稿第一页页边写了几句话：“编辑、排版、校对同志注意：文中所有‘你’字一律不得改为‘妳’字，否则要负法律责任。”

树理同志的字写得很好。他写稿一般都用红格直行的稿纸、钢笔。字体略长，如其人，看得出是欧字、柳字的底子。他平常不大用毛笔。他的毛笔字我只见过一幅，字极潇洒，而有功力，是在劳动人民文化宫见到的。劳动人民文化宫刚成立，负责“宫务”的同志请十几位作家用宣纸毛笔题词，嵌以镜框，挂在会议室里。也请树理同志写了一幅。树理同志写了六句李有才体的通俗诗：

古来数谁大，皇帝老祖宗。

今天数谁大，劳动众弟兄。

还是这座庙，换了主人翁！

一九九〇年六月八日

才子赵树理

赵树理是个高个子。长脸。眉眼也细长。看人看事，常常微笑。

他是个农村才子。有时赶集，他一个人能唱一台戏。口念锣鼓，拉过门，走身段，夹白带做还误不了唱。他是长治人，唱的当然是上党梆子。他在单位晚会上曾表演过。下班后他常一个人坐在传达室里，用两个指头当鼓箭，敲打锣鼓，如醉如痴，非常“投入”。严文井说赵树理五音不全。其实赵树理的音准是好的，恐怕倒是严文井有点五音不全，听不准。不过他的高亢的上党腔实在有点吃他不消！他爱“起霸”，也是揸手舞脚，看过北京的武生起霸，再看赵树理的，觉得有点像螳螂。

他能弹三弦，不常弹。他会刻图章，我没有见过。他的字写得很好，是我见过的作家字里最好的，他的散文《写金字》写的大概是他自己的真事。字是欧字底子，结体稍长，字如其人。他的稿子非常干净，极少涂改。他写稿大概不起草。我曾见过他的底稿，只是一些人物名姓，东一个西一个，姓名之间牵出一些细线，这便是原稿了，考虑成熟，一口呵成。赵树理衣着不讲究，但对写稿有洁癖。他痛恨人把他文章中的“你”字改成“妳”字（有一个时期有些人爱写

“妳”字，这是一种时髦），说：“当面说话，第二人称，为什么要分性别？——‘妳’也不读‘你’！”他在一篇稿子的页边批了一行字：“排版校对同志请注意，文内所有‘你’字，一律不准改为‘妳’，否则要负法律责任。”这篇稿子是经我手发的，故记得很清楚。

赵树理是《说说唱唱》副主编，实际上是执行主编。他是负责发稿的。有时没有好稿，稿发不出，他就从编辑部抱了一堆稿子回屋里去看，不好，就丢在一边，弄得一地都是废稿。有时忽然发现一篇好稿，就欣喜若狂。他说这种编辑方法是“绝处逢生”。陈登科的《活人塘》就是这样发现的。这篇作品能够发表也真有些偶然，因为稿子有许多空缺的字和陈登科自造的字，有一个馬字，大家都猜不出，后来是康濯猜出来了，是“趴”，馬（马的繁体字）没有四条腿，可不是趴下了？写信去问陈登科，果然！

有时实在没有好稿，康濯就说：“老赵，你自己来一篇吧！”赵树理关上门，写出了一篇名著《登记》(即《罗汉钱》)。

赵树理吃食很随便，随例看到路边的一个小饭摊，坐下来就吃。后来是胡乔木同志跟他说：“你这么乱吃，不安全，也不卫生。”他才有点选择。他爱喝酒。每天晚上要到霞公府间壁一条胡同的馄饨摊上，来二三两酒一碟猪头肉，吃两个芝麻烧饼，喝一碗馄饨。他和老舍感情很好。每年老舍要在家里请市文联的干部两次客，一次是菊花开的时候，赏菊；一次是腊月二十三，老舍的生日。赵树理必到，喝酒，划拳。老赵划拳与众不同，两只手出拳，左右开弓，一会儿用左手，一会儿用右手。老舍摸不清老赵的拳路，常常败北。

赵树理很有幽默感。赵树理的幽默和老舍的幽默不同。老舍的幽默是市民式的幽默，赵树理的幽默是农民式的幽默。他常常想到一点什么事，独自咕咕地笑起来，谁也不知道他笑的什么。他爱给他的小说里的人起外号：翻得高、糊涂涂（均见《三里湾》）……他写的散文中有一个国民党小军官爱训话，训话中爱用“所以”，而把“所以”联读成为“水”，于是农民听起来很奇怪：他干嘛老说“水”呀？他写的《催租吏》是为了“显派”，戴了一副红玻璃的眼镜，眼镜度数不对，他就这样深一脚浅一脚地在农村的土路上走。

他抨击时事，也往往以幽默的语言出之。有一个时期，很多作品对农村情况多粉饰夸张，他回乡住了一阵，回来作报告，说农村情况不像许多作品那样好，农民还很苦，城乡差别还很大，说，我这块表，在农村可以买五头毛驴，这是块“五驴表”！他因此受到批评。

赵树理的小说有其独特的抒情诗意。他善于写农村的爱情，农村的女性。她们都很美，小飞蛾（《登记》）是这样，小芹（《小二黑结婚》）也是这样，甚至三仙姑（《小二黑结婚》）也是这样。这些，当然有赵树理自己的感情生活的忆念，是赵树理的初恋感情的折射。但是赵树理对爱情的态度是纯真的，圣洁的。

××市文联有一个干部×××是一个一贯专搞男女关系的淫棍。他的乱搞简直到了不可想象的地步。他很注意保养，每天喝一大碗牛奶。看传达室的老田在他的背后说：“你还喝牛奶，你每天吃一条牛也不顶！”×××和一个女的胡搞，用赵树理的大衣垫在下面，把赵树理的一件貂皮领子礼服呢面的狐皮大衣也弄脏了。赵树理气极了，拿了这件大衣去找文联副主席李伯钊，说：“这是怎么回事！”事隔多日，老赵调回山西，大家送他出门，老赵和大家一一握手。×××也来了，老赵趴在地下给 ××× 磕了一个头，说:“××× 我可不跟你在一起了！”

载一九九七年五月九日《南方周末》

万寿宫丁丁响

冯思纯同志编出了他的父亲废名的小说选集，让我写一篇序，我同意了。我觉得这是义不容辞的事，因为我曾经很喜欢废名的小说，并且受过他的影响。但是我把废名的小说反复看了几遍，就觉得力不从心，无从下笔，我对废名的小说并没有真的看懂。

我说过一些有关废名的话：

废名这个名字现在几乎没有人知道了。国内出版的中国现代文学史没有一本提到他。这实在是一个真正很有特点的作家。他在当时的读者就不是很多，但是他的作品曾经对三十年代、四十年代的青年作家，至少是北京的青年作家，产生过颇深的影响。这种影响现在看不到了，但是它并未消失。它像一股泉水，在地下流动着。也许有一天，会汩汩地流到地面上来的。他的作品不多，一共大概写了六本小说，都很薄。他后来受了佛教思想的影响，作品中有见道之言，很不好懂。《莫须有先生传》就有点令人莫名其妙，到了《莫须有先生坐飞机以后》就不知所云了。但是他早期的小说，《桥》、《枣》、《桃园》和《竹林的故事》写得真是很美。他把晚唐诗的超越理性，直写感觉的象征手法移到小说里来了。他用写诗的办法写小说，他的小说实际上是诗。他的小说不注重写人物，也几乎没有故事。《竹林的故事》算是长篇，叫做故事。实无故事，只是几个孩子每天生活的记录。他不写故事，写意境。但是他的小说是感人的，使人得到一种不同寻常的感动。因为他对于小儿女是那样富于同情心。他用儿童一样明亮而敏感的眼睛观察周围世界，用儿童一样简单而准确的笔墨来记录。他的小说是天真的，具有天真的美。因为他善于捕捉儿童的思想和情绪，他运用了意识流，他的意识流是从生活里发现的，不是从外国的理论或作品里搬来的。……因为他追随流动的意识，因此他的行文也和别人不一样。周作人曾说废名是一个讲究文章之美的小说家。又说他的行文好比一溪流水，遇到一片草叶都要去抚摸一下，然后又汪汪地向前流去。这说得实在非常好。

我的一些说法其实都是从周作人那里来的，谈废名的文章谈得最好的是周作人。周作人对废名的文章喻之为水，喻之为风。他在《莫须有先生传》的序文中说：

这好像是一道流水，大约总是向东去朝宗了海，他流过的地方，凡有什么汊港弯曲，总得灌注潆洄一番，有什么岩石水草，总要披拂抚弄一下子，再往前走去。再往前去，这都不是他的行程的主脑，但除去了这些，也就别无行程了。

周作人的序言有几句写得比较吃力，不像他的别的文章随便自然。“灌注潆洄”、“披拂抚弄”，都有点着力太过。有意求好，反不能好，虽在周作人亦不能免。不过他对意识流的描绘却是准确贴切且生动的，他的说法具有独创性，在他以前还没有人这样讲过。那时似还没有“意识流”这个说法，周作人、废名都不曾使用过这个词。这个词是从外国迻译进来的。但是没有这个名词不等于没有这个东西，中国自有中国的意识流，不同于普鲁斯特，也不同于弗·伍尔夫，但不能否认那是意识流，晚唐的温（飞卿）李（商隐）便是。比较起来，李商隐更加天马行空，无迹可求。温则不免伤于轻艳。废名受李的影响更大一些。有人说废名不是意识流，不是意识流又是什么？废名和《尤列西斯》的距离诚然较大，和伍尔夫则较为接近。废名的作品有一种女性美，少女的美。他很喜欢“摘花赌身轻”，这是一句“女郎诗”！

冯健男同志（废名的侄儿）在《我的叔父废名》一书中引用我的一段话，说我说废名的小说“具有天真的美”，以为“这是说得新鲜的，道别人之所未道”。其实这不是“道别人之所未道”。废名喜爱儿童（少年），也非常善于写儿童，这个问题周作人就不止一次地说过。我第一次读废名的作品大概是《桃园》。读到王老大和他的害病女儿阿毛说：“阿毛，不说话，一睡就睡着了”，忽然非常感动。这一句话充满一个父亲对一个女儿的感情。“这个地方太空旷吗？不，阿毛睁大的眼睛叫月亮装满了。”这种写法真是特别，真是美。读《万寿宫》，至程林写在墙上的字：“万寿宫丁丁响”，我也异常的感动，本来丁丁响的是四个屋角挂的铜铃，但是孩子们觉得是万寿宫在丁丁响。这是孩子的直觉。孩子是不大理智的，他们总是直觉地感受这个世界，去

"认同"世界。这些孩子是那样纯净，与世界无欲求，无争竞，他们对此世界是那样充满欢喜，他们最充分地体会到人的善良，人的高贵，他们最能把握周围环境的颜色、形体、光和影、声音和寂静，最能完美地捕捉住诗。这大概就是周作人所说的"仙境"。

另一位真正读懂废名，对废名的作品有深刻独到的见解的美学家，我以为是朱光潜。朱先生的论文说："废名先生不能成为一个循规蹈矩的小说家，因为他在心境原型上是一个极端的内倾者。小说家须得把眼睛朝外看，而废名的眼睛却老是朝里看；小说家须把自我沉没到人物性格里面去，让作者过人物的生活，而废名的人物却都沉没在作者的自我里面，处处都是过作者的生活。"朱先生的话真是打中了废名的"要害"。

前几年中国的文艺界（主要是评论家）闹了一阵"向内转、向外转"之争。"向内转、向外转"与"向内看、向外看"含义不尽相同，但有相通处。一部分具有权威性的理论家坚决反对向内，坚持向外，以为文学必须如此，这才叫文学，才叫现实主义；而认为向内是离经叛道，甚至是反革命。我们不反对向外的文学，并且认为这曾经是文学的主要潮流，但是为什么对向内的文学就不允许其存在，非得一棍子打死不可呢？

废名作品的不被接受，不受重视，原因之一，是废名的某些作品确实不好懂。朱光潜先生就写过："废名的诗不容易懂，但是懂得之后，你也许要惊叹它真好。"这是对一般人而言，对平心静气，不缺乏良知的读者，对具有对文学的敏感的解人而言的。对于另一种人则是另一回事。他们感觉到废名的文学对他们是一种潜在的威胁，会危及他们的左派正宗，一统天下。他们的武器是沉默，用不理代替批判，他们可以视若无睹，不赞一词，仿佛废名根本不存在。他们用沉默来掩饰废名，对一切高雅文学的刻骨的仇恨。他们是一些粗俗的人，一群能写恶札的文艺官。但是他们能够窃据要津，左右文运。废名的价值的被认识，他在中国现代文学史上的地位真正的被肯定，恐怕还得再过二十年。

一九九六年三月六日

林斤澜！哈哈哈哈……

林斤澜这个名字很怪。他原名庆澜，意思是庆祝河水安澜，大概生他那年他们家乡曾遭过一次水灾，后来水退了。不知从哪年，他自己改名“斤澜”。我跟他说过，“斤澜”没讲，他也说：没讲！他们家的人名字都有点怪。夫人叫“古叶”，女儿叫“布谷”。大概都是他给起的。斤澜好怪，好与众不同。他的《矮凳桥风情》里有三个女孩子，三姐妹叫笑翼、笑耳、笑杉。小城镇哪里会有这样的名字呢？我琢磨了很久，才恍然大悟：原来只是小一、小二、小三。笑翼的妈妈给儿女起名字时不会起这样的怪名字的，这都是林斤澜搞的鬼。夏尚质，周尚文，林尚怪。林斤澜被称为“怪味胡豆”，罪有应得。

斤澜曾患心脏病，三十岁就得过一次心肌梗死。后来又得过一次，但都活下来了。六十岁时他就说过他活得已经够了本，再活就是白饶。斤澜的身体不算好，但他不在乎。我这些年出外旅游，总是“逢高不上，遇山而止”，斤澜则是有山就爬。他慢条斯理的，一步一步地走，还误不了看山看水，结果总是他头一个到山顶。一览众山小，笑看众头低。他应该节制饮食，但是他不，每有小聚，他都是谈笑风生，饮啖自若。不论是黄酒、白酒、葡萄酒、啤酒，全都招呼。

最近有一次，他同时喝了三种酒。人常说酒喝杂了不好，斤澜说："没事！"斤澜爱吃肉。"三天不吃肉就觉得难受。"他吃肉不讲究部位，冰糖肘子、腌笃鲜、蒜泥白肉，都行。他爱吃猪头肉，尤其爱吃"拱嘴"——猪鼻子，以为乃人间之"大美"。他是温州人，说起生吃海鲜，眉飞色舞。吃海鲜，喝黄酒，嘿！不过温州的"老酒汗"（黄酒再蒸一次）我实在喝不出好来。温州人还有一种喝法，在黄酒里加鸡蛋，煮热，这算什么酒！斤澜的吃喝是很平民化的。我和他曾在屯溪街头一小吃店的檐下，就一盘煮螺蛳，一人喝了两瓶加饭。他爱吃豆腐，老豆腐、嫩豆腐、毛豆腐、臭豆腐，都好。煎炒煮炸，都好。我陪他在乐山小饭馆吃了乡坝头上的菜豆花，好！

斤澜的生活是很平民化的。他不爱洗什么桑拿浴，愿意在澡堂的大池子里（水很烫）泡一泡，泡得大汗淋漓，浑身作嫩红色。他大概是有几身西服的，但我从未见过他穿了整齐的套服，打了领带。他爱穿夹克，里面是条纹格子衬衫。衬衫就是街上买的，棉料的多，颜色倒是不怕花哨。

斤澜的平民化生活习惯来自于他对生活的平民意识。这种平民意识当然会渗入他的作品。

斤澜的哈哈笑是很有名的。这是他的保护色。斤澜每遇有人提到某人、某事，不想表态，就把提问者的原话重复一次，然后就殿以哈哈的笑声。"×××，哈哈哈哈……""这件事，哈哈哈哈……"把想要从口中掏出他的真实看法的新闻记者之类的人弄得莫名其妙，斤澜这种使人摸不着头脑抓不住尾巴的笑声，使他摆脱了尴尬，而且得到一层安全的甲壳。在反右派运动中，他就是这样应付过来的。林斤澜不被打成右派，是无天理，因此我说他是“漏网右派”，他也欣然接受。

斤澜极少臧否人物，但是是非清楚，爱憎分明。他一直在北京市文联工作，对市文联的领导、一般干部的遗闻佚事了如指掌。比如老舍挨斗，是他亲眼所见，亲耳所闻，揭发批判老舍的人是赖也赖不掉的。他觉得萧军有骨头有侠气，真是一条汉子。红卫兵想要萧军低头认罪，萧军就是不低头，两腿直立，如同生了根。萧军没有动手，他说：“我要是一动手，七八个小青年就得趴下。”红卫兵斗骆宾基，萧军说：“你们谁敢动骆宾基一根毫毛！”京剧演员荀慧生病重，是萧军背着他上车的。“文革”后，文联作协批斗浩然，斤澜听着，忽然大叫：“浩然是好人哪！”当场昏厥。斤澜平时似很温和，总是含笑看世界，但他的感情是非常强烈的。

斤澜对青年作家（现在都已是中年了）是很关心的。对他们的作品几乎一篇不落地都看了，包括一些评论家的不断花样翻新、用一种不中不西稀里古怪的语言所写的论文。他看得很仔细，能用这种古怪语言和他们对话。这一点，他比我强得多。

林斤澜！哈哈哈哈……

载一九九七年第二期《时代文学》

七十书怀

六十岁生日，我曾经写过一首诗：

冻云欲湿上元灯，
漠漠春阴柳未青。
行过玉渊潭畔路，
去年残叶太分明。

这不是“自寿”，也没有“书怀”，“即事”而已。六十岁生日那天一早，我按惯例到所居近处的玉渊潭遛了一个弯儿，所写是即目所见。为什么提到上元灯？因为我的生日是旧历的正月十五。据说我是日落酉时诞生，那么正是要“上灯”的时候。沾了元宵节的光，我的生日总不会忘记。但是小时不做生日，到了那天，我总是鼓捣一个很大的，下面安四个轱辘的兔子灯，晚上牵了自制的兔子灯，里面插了蜡烛，在家里厅堂过道里到处跑，有时还要牵到相熟的店铺中去串门。我没有“今天是我的生日”的意识，只是觉得过“灯节”（我们那里把元宵叫做“灯节”）很好玩。十九岁离乡，四方漂泊，过什么生日！后来在北京安家，孩子也大了，家里人对我的生日渐渐重视起来，到了那天，总得“表示”一下。尤其是我的孙女和外孙女，她们对我的生日比别人更为热心，因为那天可以吃蛋糕。六十岁是个整寿，但我觉得无所谓。诗的后两句似乎有些感慨，因为这时“文化大革命”过去不久，容易触景生情，但是究竟有什么感慨，也说不清。那天是阴天，好像要下雪，天气其实是很舒服的，诗的前两句隐隐约约有一点喜悦。总之，并不衰瑟，更没有过一年少一年这样的颓唐的心情。

一晃，十年过去了，我七十岁了。七十岁生日那天写了一首《七十书怀出律不改》：

悠悠七十犹耽酒，唯觉登山步履迟。
书画萧萧余宿墨，文章淡淡忆儿时。
也写书评也作序，不开风气不为师。
假我十年闲粥饭，未知留得几囊诗。

这需要加一点注解。

中国人的平均寿命比以前长多了。我记得小时候看家里大人和亲戚，过了五十，就是“老太爷”了。我祖父六十岁生日，已经被称为“老寿星”。“人生七十古来稀”，现在七十岁不算稀奇了。不过七十总是个“坎儿”。不知从什么时候起，别人对我的称呼从“老汪”改成了“汪老”。我并无老大之感。但从去年下半年，我一想我再没有六十几了，不免有一点紧张。我并不太怕死，但是进入七十，总觉得去日苦多，是无可奈何的事。所幸者，身体还好。去年年底，还上了一趟武夷山。武夷山是低山，但总是山。我一度心肌缺氧，一般不登山。这次到了武夷绝顶仙游，没有感到心脏有负担。看来我的身体比前几年还要好一些，再工作几年，问题不大。当然，上山比年轻人要慢一些。因此，去年下半年偶尔会有的紧张感消失了。

我的写字画画本是遣兴自娱而已，偶尔送一两件给熟朋友。后来求字求画者渐多。大概求索者以为这是作家的字画，不同于书家画家之作，悬之室中，别有情趣耳，其实，都是不足观的。我写字画画，不暇研墨，只用墨汁。写完画完，也不洗砚盘色碟，连笔也不涮。下次再写、再画，加一点墨汁。“宿墨”是记实。今年（一九九〇年）一月十五日，画水仙金鱼，题了两句诗：

宜入新春未是春，残笺宿墨隔年人。

这幅画的调子是灰的，一望而知用的是宿墨。用宿墨，只是懒，并非追求一种风格。

有一个文学批评用语我始终不懂是什么意思，叫做“淡化”。淡化主题、淡化人物、淡化情节，当然，最终是淡化政治。“淡化”总是不好的。我是被有些人划入淡化一类了的。我所不懂的是：淡化，是本来是浓的，不淡的，或应该是不淡的，硬把它化得淡了。我的作品确实是比较淡的，但它本来就是那样，并没有经过一个“化”的过程。我想了想，说我淡化，无非是说没有写重大题材，没有写性格复杂的英雄人物，没有写强烈的，富于戏剧性的矛盾冲突。但这是我的生活经历，我的文化素养，我的气质所决定的。我没有经历过太多的波澜壮阔的生活，没有见过叱咤风云的人物，你叫我怎么写？我写作，强调真实，大都有过亲身感受，我不能靠材料写作。我只能写我所熟悉的平平常常的人和事，或者如姜白石所说“世间小儿女”。我只能用平平常常的思想感情去了解他们，用平平常常的方法表现他们。这结果就是淡。但是“你不能改变我”，我就是这样，谁也不能下命令叫我照另外一种样子去写。我想照你说的那样去写，也办不到。除非把我回一次炉，重新生活一次。我已经七十岁了，回炉怕是很难。前年《三月风》杂志发表我一篇随笔，请丁聪同志画了我一幅漫画头像，编辑部要我自己题几句话，题了四句诗：

近事模糊远事真，双眸犹幸未全昏。
衰年变法谈何易，唱罢莲花又一春。

《绣襦记》中《教歌》两个叫花子唱的“莲花落”有句“一年春尽又是一年春”，我很喜欢这句唱词。七十岁了，只能一年又一年，唱几句莲花落。

《七十书怀出律不改》，“出律”指诗的第五、六两句失粘，并因此影响最后两句平仄也颠倒了。我写的律诗往往有这种情况，五、六两句失粘。为什么不改？因为这是我要说的主要两句话，特别是第六句，所书之怀，也仅此耳。改了，原意即不妥帖。

我是赞成作家写评论的，也爱看作家所写的评论。说实在的，我觉得评论家所写的评论实在有点让人受不了。结果是作法自毙。写评论的差事有时会落到我的头上。我认为评论家最让人受不了的，是他们总是那样自信。他们像我写的小说《鸡鸭名家》里的陆长庚一样，一眼就看出这只鸭是几斤几两，这个作家该打几分。我觉得写评论是非常冒险的事：你就能看得那样准？我没有这样的自信。人到一定岁数，就有为人写序的义务。我近年写了一些序。去年年底就写了三篇，真成了写序专家。写序也很难，主要是分寸不好掌握，深了不是，浅了不是，像周作人写序那样，不着边际，是个办法。但是，一、我没有那样大的学问；二、丝毫不涉及所序的作品，似乎有欠诚恳。因此，临笔踌躇，煞费脑筋。好像是法朗士说过："关于莎士比亚，我所说的只是我自己。"写书评、写序，实际上是写写书评、写序的人自己。借题发挥，拿别人来"说事"，当然不太好，但是书评和序里总会流露出本人的观点，本人的文学主张。我不太希望我的观点、主张被了解，愿意和任何人保持一定的距离；但是自设屏障，拒人千里，把自己藏起来，完全不让人了解，似也不必。因此，"也写书评也作序"。

"不开风气不为师"，是从龚定庵的诗里套出来的。龚定庵的原句是："但开风气不为师。"龚定庵的诗貌似谦虚，实很狂傲。——龚定庵是谦虚的人么？但是龚定庵是有资格说这个话的。他确实是个"开风气"的。他的带有浓烈的民主色彩的个性解放思想撼动了一代人，他的宗法公羊家的奇崛矫矢的文体对于当时和后代都起了很大的影响。他的思想不成体系，不立门户，说是"不为师"倒也是对的。近四五年，有人说我是这个那个流派的始作俑者，这很出乎我的意外。我从来没有想到提倡什么，我绝无"来吾导乎先路也"的气魄，我只是"悄没声地"自己写一点东西而已。有一些青年作家受了我的影响，甚至有人有意地学我，这情况我是知道的。我要诚恳地对这些青年作家说：不要这样。第一，不要“学”任何人。第二，不要学我。我希望青年作家在起步的时候写得新一点，怪一点，朦胧一点，荒诞一点，狂妄一点，不要过早地归于平淡。三四十岁就写得很淡，那，到我这样的年龄，怕就什么也没有了。这个意思，我在几篇序文中都说到，是真话。

看相的说我能活九十岁，那太长了！不过我没有严重的器质性的病，再对付十年，大概还行。我不愿当什么“离休干部”，活着，就还得做一点事。我希望再出一本散文集，一本短篇小说集，把《聊斋新义》写完，如有可能，把酝酿已久的长篇历史小说《汉武帝》写出来。这样，就差不多了。

七十书怀，如此而已。

一九九〇年二月二十四日

文章杂事

写字·画画·做饭

我正经练字是在小学五年级暑假。我的祖父不知道为什么一高兴，要亲自教我这个孙子。每天早饭后，讲《论语》一节，要读熟，读后，要写一篇叫做“义”体的短文。“义”是把《论语》的几句话发挥一通，这其实是八股文的初阶，祖父很欣赏我的文笔，说是若在“前清”，进学是不成问题的。另外，还要写大字、小字各一张。这间屋子分里外间，里间是一个佛堂，供着一尊铜佛。外间是祖母放置杂物的地方，房梁上挂了好些干菜和晾干了的粽叶，我就在干菜、粽叶的气味中读书、作文、写字。下午，就放学了，随我自己玩。

祖父叫我临的大字帖是裴休的《圭峰定慧禅师碑》，是他从藏帖中选出来，裴休写的碑不多见，我也只见过这一种。裴休的字写得安静平和，不像颜字柳字那样筋骨努张。祖父所以选中这部帖，道理也许在此。

小学六年级暑假，我在三姑父家从韦子廉先生学。韦先生每天讲一篇桐城派古文，让我写篇大字。韦先生是写魏碑的，曾临北碑各体，他叫我临的是《多宝塔》。《多宝塔》是颜字里写得最清秀的，不像《麻姑仙坛记》那样重浊。

有人说中国的书法坏于颜真卿，未免偏激。任何人写碗口大的字，恐怕都得有点颜书笔意。蔡襄以写行草擅名，福州鼓山上有他的两处题名，写的是正书，那是颜体。董其昌行书秀逸，写大字却用颜体。歙县有许多牌坊，坊额传为董其昌书，是颜体。

读初中后，父亲建议我写写魏碑，写《张猛龙》。他买来一种稻草做的高二尺，宽尺半，粗而厚的纸，我每天写满一张。

《圭峰碑》、《多宝塔》、《张猛龙》，这是我的书法的底子。

祖父拿给我临的小楷是赵子昂的《闲邪公家传》。我后来临过《黄庭》、《乐毅》，时间都很短。一九四三年云南大学成立了一个曲社，拍曲子。曲谱石印，要有人在特制的石印纸上，用特制的石印墨汁，端楷写出印刷。这差事落在我的头上。我凝神静气地写了几十出曲谱，用的是晋人小楷笔意，我的晋人笔意不是靠临摹，而是靠“看”，看来的。

有一个时期，我写的小楷效法倪云林、石涛。

一九四七、一九四八年我还能用结体微扁的晋人小楷用毛笔在毛边纸上写稿、写信。以后改用钢笔，小楷功夫就荒废了。

习字，除了临摹，还要多看，即“读帖”，我的字受“宋四家”（苏、黄、米、蔡）的影响，但我并未临过“宋四家”，是因为爱看，于是不知不觉中受了感染。

对于“宋四家”，自来书法家颇多贬词。有人以为中国书法一坏于颜真卿，二坏于“宋四家”。这话不能说毫无道理。“宋四家”对于二王，对于欧薛，确实是一种破坏。但是，也是革新。宋人书法的特点是解放，有较多的自由，较多的个性。“四家”的“蔡”本指蔡京，因为蔡京人太坏，被开除了，代之以蔡襄。其实蔡京的字是写得很好的，有人以为应为“四家”之冠，我同意。苏东坡多有偏锋，书体颇近甜俗。黄山谷长撇大捺，做作。米芾字不宜多看，多看了会受其影响，终身摆脱不开。米字流畅洒脱，而书品不高，他自称是“臣书刷字”。我的书品也只是尔尔，无可奈何！

我没有正式学过画。我父亲是画家，年轻时画过工笔画。中年后画写意花卉。他没有教过我。只是在他作画时，我爱在旁边看，给他抻抻纸。我家有不少珂罗版印的画册，我没事时就翻来覆去一本一本地看。画册以四王最多，还有，不知为什么有好几本蓝四叔的。我对四王、蓝四叔都没有太大兴趣，及见徐青藤、陈白阳及石涛画，乃大好之。我作画只是自己瞎抹，无师法。要说有，就是这几家（石涛偶亦画花卉，皆极精）。我作画不写生，只是凭印象画。曾为《中国作家》画水仙，另纸题诗一首，中有句云：“草花随目见，鱼鸟略似真。”我画的鸟，我的女儿称之为“长嘴大眼鸟”。我的孙女有一次看艺术纪录片《八大山人》，说：“爷爷画的鸟像八大山人——大眼睛。”写意画要有随意性，不能过事经营，画得太理智。我作画，大体上有一点构思，便信笔涂抹，墨色浓淡，并非预想。画中国画的快乐也在此。曾请人刻了两方闲章，刻的是陶弘景的两句诗：“岭上多白云”，“只可自怡悦”。有人撺掇我开展览会，我笑笑，我的画作为一个作家的画，还看得过去，要跻身画家行列，是会令画师齿冷的。

有人说写字、画画，也是一种气功。这话有点道理。写字、画画是一种内在的运动。写字、画画，都要把心沉下来，齐白石题画曰："心闲气静时一挥。"心浮气躁时写字、画画，必不能佳。写字画画可以养性，故书画家多长寿。

我不会做什么菜。可是不知道怎么竟会弄得名闻海峡两岸。这是因为有过几位台湾朋友在我家吃过我做的菜，大事宣传而造成的。我只能做几个家常菜。大菜，我做不了。我到海南岛去，东道主送了我好些鱼翅、燕窝，我放在那里一直没有动，因为不知道怎么做。有一点特色，可以称为我家小菜保留节目的有这些：

拌荠菜、拌菠菜。荠菜焯熟，切碎，香干切米粒大，与荠菜同拌，在盘中用手抟成宝塔状。塔顶放泡好的海米，上堆姜米、蒜米。好酱油、醋、香油放在茶杯内，荠菜上桌后，浇在顶上，将荠菜推倒，拌匀，即可下箸。佐酒甚妙。没有荠菜的季节，可用嫩菠菜以同法制。这样做的拌菠菜比北京用芝麻酱拌的要好吃得多。这道菜已经在北京的几位作家中推广，凡试做者，无不成功。

干丝。这是淮扬菜，旧只有烫干丝，大白豆腐干片为薄片（刀工好的师傅一块豆腐干能片十六片），再切为细丝。酱油、醋、香油调好备用。干丝用开水烫后，上方青蒜米、姜丝（要嫩姜，切极细），将调料淋下，即得。这本是茶馆中在点心未蒸熟之前，先上桌佐茶的闲食，后来饭馆里也当一道菜卖了。煮干丝的历史我想不超过一百年。上汤（鸡汤或骨头汤）加火腿丝、鸡丝、冬菇丝、虾籽同熬（什么鲜东西都可以往里搁），下干丝，加盐，略加酱油，使微有色，煮两三开，加姜丝，即可上桌。聂华苓有一次上我家来，吃得非常开心，最后连汤汁都端起来喝了。北京大方豆腐干甚少见，可用豆腐片代。干丝重要的是刀工。袁子才谓“有味者使之出，无味者使之入”，干丝切得极细，方能入味。

烧小萝卜。台湾陈怡真到北京来，指名要我做菜，我给她做了几个菜，有一道是烧小萝卜，我知道台湾没有小红水萝卜（台湾只有白萝卜）。做菜看对象，要做客人没有吃过的，才觉新鲜。北京小水萝卜一年里只有几天最好。早几天，萝卜没长好，少水分，发艮，且有辣味，不甜；过了这几天，又长过了，糠。陈怡真运气好，正赶上小萝卜最好吃的时候。她吃了，赞不绝口。我做的烧小萝卜确实很好吃，因为是用干贝烧的。“粗菜细做”，是制家常菜不二法门。

塞肉回锅油条。这是我的发明，可以申请专利。油条切成寸半长的小段，用手指将内层掏出空隙，塞入肉茸、葱花、榨菜末，下油锅重炸。油条有矾，较之春卷尤有风味。回锅油条极酥脆，嚼之真可声动十里人。

炒青苞谷。新玉米剥出粒，与瘦猪肉末同炒，加青辣椒。昆明菜。

其余的菜如冰糖肘子、腐乳肉、腌笃鲜、水煮牛肉、干煸牛肉丝、冬笋雪里蕻炒鸡丝、清蒸轻盐黄花鱼、川冬菜炒碎肉……大家都会做，也都是那个做法，不列举。

做菜要有想象力，爱捉摸，如苏东坡所说：“忽出新意”；要多实践，学做一样菜总得失败几次，方能得其要领；也需要翻翻食谱。在我所看的闲书中，食谱占一个重要地位。食谱中写得最好的，我以为还得数袁子才的《随园食单》。这家伙确实很会吃，而且能说出个道道。如前面所说："有味者使之出，无味者使之入。"实是经验的总结。"荤菜素油炒，素菜荤油炒"，尤为至理名言。

做菜的乐趣第一是买菜，我做菜都是自己去买的。到菜市场要走一段路，这也是散步，是运动。我什么功也不练，只练"买菜功"。我不爱逛商店，爱逛菜市。看看那些碧绿生青、新鲜水灵的瓜菜，令人感到生之喜悦。其次是切菜、炒菜都得站着，对于一个终日伏案的人来说，改变一下身体的姿势是有好处的。最大的乐趣还是看家人或客人吃得很高兴，盘盘见底。做菜的人一般吃菜很少。我的菜端上来之后，我只是每样尝两筷，然后就坐着抽烟、喝茶、喝酒。从这点说起来，愿意做菜给别人吃的人是比较不自私的。

诗曰：

年年岁岁一床书，
弄笔晴窗且自娱。
更有一般堪笑处，
六平方米作郇厨。

一九九三年八月十三日

看 画

上初中的时候，每天放学回家，一路上只要有可以看看的画，我都要走过去看看。

中市口街东有一个画画的，叫张长之，年纪不大，才二十多岁，是个小胖子。小胖子很聪明。他没有学过画，他画画是看会的。画册、画报、裱画店里挂着的画，他看了一会就能默记在心。背临出来，大致不差。他的画不中不西，用色很鲜明，所以有人愿意买。他什么都画。人物、花卉、翎毛、草虫都画。只是不画山水。他不只是临摹，有时也“创作”。有一次他画了一个斗方，画一棵芭蕉，一只五彩大公鸡，挂在他的画室里（他的画室是敞开的）。这张画只能自己画着玩玩，买是不会有人买的，谁家会在家里挂一张“鸡巴图”？

他擅长的画体叫做“断简残篇”。一条旧碑帖的拓片（多半是汉隶或魏碑）、半张烧糊一角的宋版书的残页、一个裂了缝的扇面、一方端匋斋的印谱……七拼八凑，构成一个画面。画法近似“颖拓”，但是颖拓一般不画这种破破烂烂的东西。他画得很逼真，乍看像是剪贴在纸上的。这种画好像很“雅”，而且这种画只有他画，所以有人买。

这个家伙写信不贴邮票，信封上的邮票是他自己画的。

有一阵子，他每天骑了一匹大马在城里兜一圈，郭答郭答，神气得很。这马是一个营长的。城里只要驻兵，他很快就和军官混得很熟。办法很简单，每人送一套春宫。

一九四七年，我在上海先施公司二楼卖字画的陈列室看到四条“断简残篇”，一看署名，正是“张长之”！这家伙混得能到上海来卖画，真不简单。

北门里街东有一个专门画像的画工，此人名叫管又萍。走进他的画室，左边墙上挂着一幅非常醒目的朱元璋八分脸的半身画，高四尺，装在镜框里。朱洪武紫棠色脸，额头、颧骨、下巴，都很突出。这种面相，叫做“五岳朝天”。双眼奕奕，威风内敛，很像一个开国之君。朱皇帝头戴纱帽，着圆领团花织金大红龙袍。这张画不但皮肤、皱纹、眼神画得很“真”，纱帽、织金团龙，都画得极其工致。这张画大概是画工平生得意之作，他在画的一角用掺糅篆隶笔意的草书写了自己的名字：管又萍。若干年后，我才体会到管又萍的署名后面所挹注的画工的辛酸。画像的画工是从来不署名的。

若干年后，我才认识到管又萍是一个优秀的肖像画家，并认识到中国的肖像画有一套自成体系的肖像画理论和技法。

我的二伯父和我的生母的像都是管又萍画的。二伯父端坐在椅子上，穿着却是明朝的服装，头戴方巾，身着湖蓝色的斜领道袍。这可能是尊重二伯父的遗志，他是反满的。我没有见过二伯父，但是据说是画得很像的。我母亲去世时我才三岁，记不得她的样子，但我相信也是画得很像的，因为画得像我的姐姐，家里人说我姐姐长得很像我母亲。画工画像并不参照照片，是死人断气后，在床前直接勾描的。

然后还得起一个初稿。初稿只画出颜面，画在熟宣纸上，上面蒙了一张单宣，剪出一个椭圆形的洞，像主的面形从椭圆形的洞里露出。要请亲人家属来审查，提意见，胖了，瘦了，颧骨太高，眉毛离得远了……管又萍按照这些意见，修改之后，再请亲属看过，如无意见，即可完稿。然后再画衣服。

画像是要讲价的，讲的不是工钱，而是用多少朱砂，多少石绿，贴多少金箔。

为了给我的二伯母画像，管又萍到我家里和我的父亲谈了几次，所以我知道这些手续。

管又萍的“生意”是很好的，因为他画人很像，全县第一。

这是一个谦恭谨慎的人，说话小声，走路低头。

出北门，有一家卖画的。因为要下一个坡，而且这家的门总是关着，我没有进去看过。这家的特点是每年端午节前在门前柳树上拉两根绳子，挂出几十张钟馗。饮酒、醉眠、簪花、骑驴，仗剑叱鬼、从鸡笼里掏鸡、往胆瓶里插菖蒲、嫁妹、坐着山轿出巡……大概这家藏有不少种钟馗的画稿，每年只要照描一遍。钟馗在中国人物画里是个很有人性，很有幽默感的可爱的形象。我觉得美术出版社可以把历代画家画的钟馗收集起来出一本《钟馗画谱》，这将是一本非常有趣的画册。这不仅有美术意义，对了解中国文化也是很有意义的。

新巷口有一家“画匠店”，这是画画的作坊。所生产的主要是

“家神菩萨”。家神菩萨是几个本不相干的家族的混合集体。最上一层是南海观音和善财龙女。当中是关云长和关平、周仓。下面是财神。他们画画是流水作业，“开脸”的是一个人，画衣纹的是另一个人，最后加彩贴金的又是一个人。开脸的是老画匠，做下手活的是小徒弟。画匠店七八个人同时做活，却听不到声音，原来学画匠的大都是哑巴。这不是什么艺术作品，但是也还值得看看。他们画得很熟练，不会有败笔。有些画法也使我得到启发。比如他们画衣纹是先用淡墨勾线，然后在必要的地方用较深的墨加几道，这样就有立体感，不是平面的，我在画匠店里常常能站着看一个小时。

这家画匠店还画“玻璃油画”。在玻璃的反面用油漆画福禄寿或老寿星。这种画是反过来画的，作画程序和正面画完全不同。比如画脸，是先画眉眼五官，后涂肉色；衣服先画图案，后涂底子。这种玻璃油画是作插屏用的。

我们县里有几家裱画店，我每一家都要走进去看看。但所裱的画很少好的。人家有古一点的好画都送到苏州去裱。本地裱工不行，只有一次在北市口的裱画店里看到一幅王匋民写的八尺长的对子，给我留下深刻的印象，我认为王匋民是我们县的第一画家。他的字也很有特点，我到现在还说不准他的字的来源，有章草，又有王铎、倪瓒。他用侧锋写那样大的草书对联，这种风格我还没有见过。

一九九三年六月一日

写 字

写字总得从临帖开始。我比较认真地临过一个时期的帖，是在十多岁的时候，大概是小学五年级、六年级和初中一年级的暑假。我们那里，那样大的孩子“过暑假”的一个主要内容便是读古文和写字。一个暑假，我从祖父读《论语》，每天上午写大、小字各一张，大字写《圭峰碑》，小字写《闲邪公家传》，都是祖父给我选定的。祖父认为我写字用功，奖给了我一块猪肝紫的端砚和十几本旧拓的字帖：我印象最深的一本是褚河南的《圣教序》。这些字帖是一个败落的世家夏家卖出来的。夏家藏帖很多，我的祖父几乎全部买了下来。一个暑假，从一个姓韦的先生学桐城派古文、写字。韦先生是写魏碑的，他让我临的却是《多宝塔》。一个暑假读《古文观止》、唐诗，写《张猛龙》。这是我父亲的主意。他认为得写写魏碑，才能掌握好字的骨力和间架。我写《张猛龙》，用的是一种稻草做的纸——不是解大便用的草纸，很大，有半张报纸那么大，质地较草纸紧密，但是表面相当粗。这种纸市面上看不到卖，不知道父亲是从什么地方买来的。用这种粗纸写魏碑是很合适的，运笔需格外用力。其实不管写什么体的字，都不宜用过于平滑的纸。古人写字多用麻纸，是不平滑的。像澄心堂纸那样细腻的，是不多见的。这三部帖，给我的字打下了底子，尤其是《张猛龙》。到现在，从我的字里还可以看出它的影响，结体和用笔。

临帖是很舒服的，可以使人得到平静。初中以后，我就很少有整桩的时间临帖了。读高中时，偶尔临一两张，一曝十寒。二十岁以后，读了大学，极少临帖。曾在昆明一家茶叶店看到一副对联："静对古碑临黑女，闲吟绝句比红儿。"这副对联的作者真是一个会享福的人。《张黑女》的字我很喜欢，但是没有临过，倒是借得过一本，反反复复"读"了好多遍。《张黑女》北书而有南意，我以为是从魏碑到二王之间的过渡。这种字体很难把握，五十年来，我还没有见过一个书家写《张黑女》而能得其仿佛的。

写字，除了临帖，还需"读帖"。包世臣以为读帖当然读真迹，石刻总是形似，失去原书精神，看不出笔意，固也。试读《三希堂法帖·快雪时晴》，再到故宫看看原件，两者比较，相去真不可以道里计。看真迹，可以看出纸、墨、笔之间的关系。尤其是"运墨"；"纸墨相得"，是从拓本上感觉不出来的。但是真迹难得看到，像《快雪时晴》、《奉橘帖》那样的稀世国宝，故宫平常也不拿出来展览。隔着一层玻璃，也不便揣摩谛视。求其次，则可看看珂罗版影印的原迹。多细的珂罗版也是有网纹的，印出来的字多浅淡发灰，不如原书的沉着入纸。但是，毕竟慰情聊胜无，比石刻拓本要强得多。读影印的《祭侄文》，才知道颜真卿的字是从二王来的，流畅潇洒，并不都像《麻姑仙坛》那样见棱见角的"方笔"；看《兴福寺碑》，觉赵子昂的用笔也是很硬的，不像坊刻应酬尺牍那样柔媚。再其次，便只好看看石刻拓本了。不过最好要旧拓。从前旧拓字帖并不很贵，逛琉璃厂，夹两本旧拓回来，不是难事。现在可不得了了！前十年，我到一家专卖碑帖的铺子里，见有一部《淳化阁帖》，我请售货员拿下来看看，售货员站着不动，只说了个价钱。他的意思我明白：你买得起吗？我只好向他道歉："那就不麻烦你了！"现在比较容易得到的丛帖是北京日报出版社影印的《三希堂法帖》。乾隆本的《三希堂法帖》是浓墨乌金拓。我是不喜欢乌金拓的，太黑，且发亮。北京日报出版社用重磅铜版纸印，更显得油墨堆浮纸面，很"暴"。而且分装四大厚册，很重，展玩极不方便。不过能有一套《三希堂法帖》已属幸事，还有什么话可说呢？

《三希堂法帖》收宋以后的字很多。对于中国书法的发展，一向有两种对立的意见。一种以为宋人书是一个重要的突破。宋人宗法二王，而不为二王所囿，用笔洒脱，显出各自的个性和风格。有人一辈子写晋人书体，及读宋人帖，方悟用笔。我觉两种意见都有道理。但是，二王书如清炖鸡汤，宋人书如棒棒鸡。清炖鸡汤是真味，但是吃惯了麻辣的川味，便觉得什么菜都不过瘾。一个人多"读"宋人字，便会终身摆脱不开，明知趣味不高，也没有办法。话又说回来，现在书家中标榜写二王的，有几个能不敢越雷池一步的？即便是沈尹默，他的字也明显地看出来有米字的影响。

"宋四家"指苏（东坡）、黄（山谷）、米（芾）、蔡。"蔡"本指蔡京，但因蔡京人品不好，遂以蔡襄当之。早就有人提出这个排列次序不公平。就书法成就说，应是蔡、米、苏、黄。我同意。我认为宋人书法，当以蔡京为第一。北京日报出版社《三希堂法帖与书法家小传》（卷二），称蔡京"字势豪健，痛快沉着，严而不拘，逸而不外规矩。比其从兄蔡襄书法，飘逸过之，一时各书家，无出其左右者”“……但因人品差，书名不为世人所重。”我以为这评价是公允的。

这里就提出一个多年来缠杂不清的问题：人品和书品的关系。一种很有势力的意见以为，字品即人品，字的风格是人格的体现。为人正直刚毅，其书乃能挺拔有力。典型的代表人物是颜真卿。这不能说是没有道理，但是未免简单化。有些书法家，人品不能算好，但你不能说他的字写得不好，如蔡京，如赵子昂，如董其昌，这该怎么解释？历来就有人贬低他们的书法成就。看来，用道德标准、政治标准代替艺术标准，是古已有之的。看来，中国的书法美学、书法艺术心理学，得用一个新的观点，新的方法来重新开始研究。简单从事，是有害的。

蔡京字的好处是放得开，《与节夫书帖》、《与宫使书帖》可以为证。写字放得开并不容易。书家往往于酒后写字，就是因为酒后精神松弛，没有负担，较易放得开。相传王羲之的《兰亭序》是醉后所写。苏东坡说要“酒气拂拂从指间出”，才能写好字，东坡《答钱穆父诗》书后自题是“醉书”。万金跋此帖后云：

> 右军兰亭，醉时书也。东坡答钱穆父诗，其后亦题曰醉书。较之常所见帖大相远矣。岂醉者神全，故挥洒纵横，不用意于布置，而得天成之妙欤？不然则兰亭之传何其独盛也如此。

说得是有道理的。接连写几张字，第一张大都不好，矜持拘谨。大概第三四张较好，因为笔放开了。写得太多了，也不好，容易"野"。写上一上午字，有一张满意的，就很不错了。有时一张都不好，也很别扭。那就收起笔砚，出去遛个弯儿去。写字本是遣兴，何必自寻烦恼。

一九九〇年七月十二日

字的灾难

北京人遭到一场字的灾难。

从前在北京上街，遇不到这样多的字。看到一些字，是很愉快的。到琉璃厂一带看看“青藜阁”之类的旧书店、各家南纸店的招牌，是一种享受。这些匾大小合适，制作讲究而朴素，字体清雅无火气。经过卖藤萝饼的“正明斋”，卖帽子的“同陞和”，招牌上骨力强劲而并不霸悍的大字会使人放慢脚步多看两眼。许多不大的铺子门前，还能看到“有匾皆书埁”的王埁的稍带行书笔意的欧体字，虽多，但不俗。东单牌楼香烛店的“细心坚烛、诚意高香”，西单牌楼桂香村的“味珍鸡蹠、香渍豚蹄”，那字也看得过去。就是煤铺门外粉壁上的“乌金墨玉、石火光恒”，写的也并非“酱肘子字”，北京牌匾的字多可看，让人觉得北京真是“文化城”，有文化。

现在可不然了，满街都是字。许多店铺把所卖的货物用红漆写在门前的白墙上，更多的是用塑料刻的字反贴在橱窗的大玻璃上。一个五金交电公司，可以把阀门、导管、扁线、圆线、开关、变压器……一塌刮子都标明在橱窗上，写得满满的。这是干什么？如果是中药店呢？是不是要把人参、鹿茸、甘草、黄芪、防风、连翘、肉桂、厚朴、槟榔、通草、福橘络、菟丝子……都写在橱窗上？再加上到处的菜摊都用竖立的黑板，白粉大书：“艽芽”；所有的小饭馆都在门外矗着一个红漆的牌子，用黄色的广告色写到“涮羊肉”，于是北京到处是字，喧嚣哄闹，一塌糊涂。

“文化大革命”以后，逐渐恢复了请人写招牌的风气，这本是好事。我很欣赏天桥实惠餐馆的一块很小的匾，黑地绿字，写的是繁体字，笔画如兰叶，稍带分书笔意，却不作蚕头燕尾，字体微长，横平竖直，很雅致。大字里最好的我以为是“懋隆”，只有两个字。这两个字笔画都多，本不好摆，但是位置摆得恰好，很稳，而且笔到墨到，流畅饱满。我最初怀疑这是集的郑孝胥的字，后来看加了款，是赵朴初写的（落款有损“画面”的完整，没有原来的好看了）。赵朴老的匾还有一块写得很好的是“功德林”（这是一个素菜馆）。启功写的匾，我以为最好看的是“洞庭春酒家”，不大，黑地金字，放在一个垂花门里，真是美极了。启元老的字书生气重，放得太大，易显得单薄，这样大小正合适。陈叔老（亮）的字功力深厚，虽枯实腴，但笔稍瘦。又喜作行草，于牌匾不甚相宜。如为“鸿霞”写的一块，字很好，但那“霞”字写得很草，恐怕很多人不认得。近二三年，写的字在商店、公司、餐厅间最时兴的，似是刘炳森和李铎。他们是中年书法家。刘炳森的字我在京西宾馆看过两个条幅，隶书，规规矩矩，笔也提得起，是汉隶，很不错。但是他写的招牌笔却是扁的，完全如包世臣所说：“毫铺纸上”，不知是写时即是这样，还是做招牌做成了这样？他的字常被用氧化铝之类的金属贴面，表面平滑，锃光瓦亮，越发显得笔很扁。隶书是不宜用这样的“工艺”处理的。李铎的字我在卧龙冈武侯祠看到过一副对联，字很潇洒，用笔犹有晋人意（不知我有没有记错）。但他近年的字变了，用笔捩转，结体险怪，字有怒气。这种字写八尺甚至丈二匹的大横幅，很有气势，但作商店的招牌不甚相宜。抬头看见几个愤愤不平的大字，也许会使顾客望而却步。刘炳森和李铎的字在商业界似乎已经产生一种迷信，似乎有了这样的字的招牌，这个买卖才算个像样的买卖，有如过去上海的银楼、绸缎庄都得请武进唐驼写一块匾，天津则粮食店、南货店都得请华世奎写一样。刘炳森和李铎应该意识到自己的社会责任，除了照顾老板、经理的商业心理（他们的字写成某种样子可能受了买主的怂恿），也照顾一下市民的审美心理。你们有没有意识到，你们的字对北京的市容是有影响的？

北京街上字多，而且越来越大，五颜六色，金光闪闪，这反映了北京人的一种浮躁的文化心理。希望北京的字少一点，小一点，写得好一点，使人有安定感，从容感。这问题的重要性不下于加强绿化。

载一九八八年六月五日《光明日报》

《大淖记事》是怎样写出来的

一个作品写出来了，作者要说的话都说了。为什么要写这个作品，这个作品是怎么写出来的，都在里面。再说，也无非是重复，或者说些题外之言。但是有些读者愿意看作者谈自己的作品的文章，——回想一下，我年轻时也喜欢读这样的文章，以为比读评论更有意思，也更实惠，因此，我还是来写一点。

大淖是有那么一个地方的。不过，我敢说，这个地方是由我给它正了名的。去年我回到阔别了四十余年的家乡，见到一位初中时期教过我国文的张老师，他还问我："你这个淖字是怎样考证出来的？"我们小时做作文、记日记，常常要提到这个地方，而苦于不知道该怎样写。一般都写作"大脑"，我怀疑之久矣。这地方跟人的大脑有什么关系呢？后来到了张家口坝上，才恍然大悟：这个字原来应该这样写！坝上把大大小小的一片水都叫作"淖儿"。这是蒙古话。坝上蒙古人多，很多地名都是蒙古话。后来到内蒙走过不少叫作"淖儿"的地方，越发证实了我的发现。我的家乡话没有儿化字，所以径称之为"淖"。至于"大"，是状语。"大淖"是一半汉语，一半蒙语，两结合。我为什么念念不忘地要去考证这个字，为什么在知道淖字应该怎么写的时候，心里觉得很高兴呢？是因为我很久以前就想写写大淖这地方的事。如果写成“大脑”，在感情上是很不舒服的。——三十多年前我写的一篇小说里提到大淖这个地方，为了躲开这个“脑”字，只好另外改变了一个说法。

我去年回乡，当然要到大淖去看看。我一个人去走了几次。大淖已经几乎完全变样了。一个造纸厂把废水排到这里，淖里是一片铁锈颜色的浊流。我的家人告诉我，我写的那个沙洲现在是一个种鸭场。我对着一片红砖的建筑（我的家乡过去不用红砖，都是青砖），看了一会。不过我走过一些依河而筑的不整齐的矮小房屋，一些才可通人的曲巷，觉得还能看到一些当年的痕迹。甚至某一家门前的空气特别清凉，这感觉，和我四十年前走过时也还是一样。

我的一些写旧日家乡的小说发表后，我的乡人问过我的弟弟："你大哥是不是从小带一个本本，到处记？——要不他为什么能记得那么清楚呢？”我当然没有一个小本本。我那时才十几岁，根本没有想到过我日后会写小说。便是现在，我也没有记笔记的习惯。我的笔记本上除了随手抄录一些所看杂书的片断材料外，只偶尔记下一两句只有我自己看得懂的话——一点印象，有时只有一个单独的词。

小时候记得的事是不容易忘记的。

我从小喜欢到处走，东看看，西看看（这一点和我的老师沈从文有点像）。放学回来，一路上有很多东西可看。路过银匠店，我走进去看老银匠在模子上敲打半天，敲出一个用来钉在小孩的虎头帽上的小罗汉。路过画匠店，我歪着脑袋看他们画“家神菩萨”或玻璃油画福禄寿三星。路过竹厂，看竹匠把竹子一头劈成几岔，在火上烤弯，做成一张一张草筢子……多少年来，我还记得从我的家到小学的一路每家店铺、人家的样子。去年回乡，一个亲戚请我喝酒，我还能清清楚楚把他家原来的布店的店堂里的格局描绘出来，背得出白色的屏门上用蓝漆写的一副对子。这使他大为惊奇，连说："是的是的。"也许是这种东看看西看看的习惯，使我后来成了一个"作家"。

我经常去"看"的地方之一，是大淖。

大淖的景物，大体就是像我所写的那样。居住在大淖附近的人，看了我的小说，都说"写得很像"。当然，我多少把它美化了一点。比如大淖的东边有许多粪缸（巧云家的门外就有一口很大的粪缸），我写它干什么呢？我这样美化一下，我的家乡人是同意的。我并没有有闻必录，是有所选择的。大淖岸上有一块比通常的碾盘还要大得多的扁圆石头，人们说是"星"——陨石，因与故事无关，我也割爱了（去年回乡，这个"星"已经不知搬到哪里去了）。如果写这个星，就必然要生出好些文章。因为它目标很大，引人注目，结果又与人事毫不相干，岂非"冤"了读者一下？

小锡匠那回事是有的。像我这个年龄的人都还记得。我那时还在上小学，听说一个小锡匠因为和一个保安队的兵的"人"要好，被保安队打死了，后来用尿碱救过来了。我跑到出事地点去看，只看见几只尿桶。这地方是平常日子也总有几只尿桶放在那里的，为了集尿，也为了方便行人。我去看了那个"巧云"（我不知道她的真名叫什么），门半掩着，里面很黑，床上坐着一个年轻女人，我没有看清她的模样，只是无端地觉得她很美。过了两天，就看见锡匠们在大街上游行。这些，都给我留下很深的印象，使我很向往。我当时还很小，但我的向往是真实的。我当时还不懂“高尚的品质、优美的情操”这一套，我有的只是一点向往。这点向往是朦胧的，但也是强烈的。这点向往在我的心里存留了四十多年，终于促使我写了这篇小说。

大淖的东头不大像我所写的一样。真实生活里的巧云的父亲也不是挑夫。挑夫聚居的地方不在大淖而在越塘。越塘就在我家的巷子的尽头。我上小学、初中时每天早晨、傍晚都要经过那里。星期天，去钓鱼。暑假时，挟了一个画夹子去写生。这地方我非常熟。挑夫的生活就像我所写的那样。街里的人对挑夫是看不起的，称之为“挑箩把担的”。便是现在，也还有这个说法。但是我真的从小没有对他们轻视过。

越塘边有一个姓戴的轿夫，得了血丝虫病——象腿病。抬轿子的得了这种最不该得的病，就算完了，往后的日子还怎么过呢？他的老婆，我每天都看见，原来是个有点邋遢的女人，头发黄黄的，很少有梳得整齐的时候，她大概身体不太好，总不大有精神。丈夫得了这种病，她怎么办呢？有一天我看见她，真是焕然一新！她完全变成了另外一个人，头发梳得光光的，衣服很整齐，显得很挺拔，很精神。尤其使我惊奇的，是她原来还挺好看。她当了挑夫了！一百五十斤的担子挑起来嚓嚓地走，和别的男女挑夫走在一列，比谁也不弱。

这个女人使我很惊奇。经过四十多年，神使鬼差，终于使我把她的品行性格移到我原来所知甚少的巧云身上（挑夫们因此也就搬了家）。这样，原来比较模糊的巧云的形象就比较充实，比较丰满了。

这样，一篇小说就酝酿成熟了。我的向往和惊奇也就有了着落。至于这篇小说是怎样写出来的，那真是说不清，只能说是神差鬼使，像鲁迅所说“思想中有了鬼似的”。我只是坐在沙发里东想想，西想想，想了几天，一切就比较明确起来了，所需用的语言、节奏也就自然形成了。一篇小说已经有在那里，我只要把它抄出来就行了。但是写出来的契因，还是那点向往和那点惊奇。我以为没有那么一点东西是不行的。

各人的写作习惯不一样。有人是一边写一边想，几经改删，然后成篇。我是想得相当成熟了，一气写成。当然在写的过程中对原来所想的还会有所取舍，如刘彦和所说："殆乎篇成，半折心始。"也还会写到哪里，涌出一些原来没有想到的细节，所谓"神来之笔"，比如我写到："十一子微微听见一点声音，他睁了睁眼。巧云把一碗尿碱汤灌进了十一子的喉咙"之后，忽然写了一句：

"不知道为什么，她自己也尝了一口。"

这是我原来没有想到的。只是写到那里，出于感情的需要，我迫切地要写出这一句（写这一句时，我流了眼泪）。我的老师沈从文教我们写作，常说"要贴到人物来写"，很多人不懂他这句话。我的这一个细节也许可以给沈先生的话作一注脚。在写作过程中要随时紧紧贴着人物，用自己的心，自己的全部感情。什么时候自己的感情贴不住人物了，大概人物也就会"走"了，飘了，不具体了。

几个评论家都说我是一个风俗画作家。我自己原来没有想过。我是很爱看风俗画的。十六七世纪的荷兰画派的画，日本的浮世绘，中国的《货郎图》、《踏歌图》……我都爱看。讲风俗的书，《荆梦岁时记》、《东京梦华录》、《一岁货声》……我都爱看。我也爱读竹枝词。我以为风俗是一个民族集体创作的生活抒情诗。我的小说里有些风俗画成分，是很自然的。但是不能为写风俗而写风俗。作为小说，写风俗是为了写人。有些风俗，与人的关系不大，尽管它本身很美，也不宜多写。比如大淖这地方放过荷灯，那是很美的。纸制的荷花，当中安一段浸了桐油的纸捻，点着了，七月十五的夜晚，放到水里，慢慢地漂着，经久不熄，又凄凉又热闹，看的人疑似离开真实生活而进入一种飘渺的梦境。但是我没有把它写入《记事》，——除非我换一个写法，把巧云和十一子的悲喜和放荷灯结合起来，成为故事不可缺少的部分，像沈先生在《边城》里所写的划龙船一样。这本是不待言的事，但我看了一些青年作家写风俗的小说，往往与人物关系不大，所以在这里说一句。

对这篇小说的结构，有两种不同的意见。一种以为前面（不是直接写人物的部分）写得太多，有比例失重之感。另一种意见，以为这篇小说的特点正在其结构，前面写了三节，都是记风土人情，第四节才出现人物。我于此有说焉。我这样写，自己是意识到的。所以一开头着重写环境，是因为“这里的一切和街里不一样”，“这里的人也不一样。他们的生活，他们的风俗，他们的是非标准、伦理道德观念和街里的穿长衣念过‘子曰’的人完全不同”。只有在这样的环境里，才有可能出现这样的人和事。有个青年作家说：“题目是《大淖记事》，不是《巧云和十一子的故事》，可以这样写。”我倾向同意她的意见。

我的小说的结构并不都是这样的。比如《岁寒三友》，开门见山，上来就写人。我以为短篇小说的结构可以是各式各样的。如果结构都差不多，那也就不成其为结构了。

一九八二年五月二十六日

“揉　面”

——谈语言

语言是艺术

语言本身是艺术，不只是工具。

写小说用的语言，文学的语言，不是口头语言，而是书面语言。是视觉的语言，不是听觉的语言。有的作家的语言离开口语较远，比如鲁迅；有的作家的语言比较接近口语，比如老舍。即使是老舍，我们可以说他的语言接近口语，甚至是口语化，但不能说他用口语写作，他用的是经过加工的口语。老舍是北京人，他的小说里用了很多北京话。陈建功、林斤澜、中杰英的小说里也用了不少北京话。但是他们并不是用北京话写作。他们只是吸取了北京话的词汇，尤其是北京人说话的神气、劲头、“味儿”。他们在北京人说话的基础上创造了各自的艺术语言。

小说是写给人看的，不是写给人听的。

外国人有给自己的亲友读自己的作品的习惯。普希金给老保姆读过诗。屠格涅夫给托尔斯泰读过自己的小说。效果不知如何。中国字不是拼音文字。中国的有文化的人，与其说是用汉语思维，不如说是用汉字思维。汉字的同音字又非常多。因此，很多中国作品不太宜于朗诵。比如鲁迅的《高老夫子》：

他大吃一惊，至于连《中国历史教科书》也失手落在地上了，因为脑壳上突然遭到了什么东西的一击。他倒退两步，定睛看时，一枝夭斜的树枝横在他的面前，已被他的头撞得树叶都微微发抖。他赶紧弯腰去拾书本，书旁边竖着一块木牌，上面写道——

桑

桑　科

看小说看到这里，谁都忍不住失声一笑。如果单是听，是觉不出那么可笑的。

有的诗是专门写来朗诵的。但是有的朗诵诗阅读的效果比耳听还更好一些。比如柯仲平的诗：

人在冰上走，
水在冰下流……

这写得很美。但是听朗诵的都是识字的，并且大都是有一定的诗的素养的，他们还是把听觉转化成视觉的（人的感觉是相通的），实际还是在想象中看到了那几个字。如果叫一个不识字的，没有文学素养的普通农民来听，大概不会感受到那样的意境，那样浓厚的诗意。“老妪都解”不难，叫老妪都能欣赏就不那么容易。“离离原上草”，老妪未必都能击节。

我是不太赞成电台朗诵诗和小说的，尤其是配了乐。我觉得这常常限制了甚至损伤了原作的意境。听这种朗诵总觉得是隔着袜子挠痒痒，很不过瘾，不若直接看书痛快。

文学作品的语言和口语最大的不同是精炼。高尔基说契诃夫可以用一个字说了很多意思。这在说话时很难办到，而且也不必要。过于简炼，甚至使人听不明白。张寿臣的单口相声，看印出来的本子，会觉得很啰唆，但是说相声就得那么说，才明白。反之，老舍的小说也不能当相声来说。

其次还有字的颜色、形象、声音。

中国字原来是象形文字，它包含形、音、义三个部分。形、音，是会对义产生影响的。中国人习惯于望“文”生义。“浩瀚”必非小水，“涓涓”定是细流。木玄虚的《海赋》里用了许多三点水的字，许多摹拟水的声音的词，这有点近于魔道。但是中国字有这些特点，是不能不注意的。

说小说的语言是视觉语言，不是说它没有声音。前已说过，人的感觉是相通的。声音美是语言美的很重要的因素。一个有文学修养的人，对文字训练有素的人，是会直接从字上“看”出它的声音的。中国语言因为有“调”，即“四声”，所以特别富于音乐性。一个搞文字的人，不能不讲一点声音之道。“前有浮声，则后有切响”，沈约把语言声音的规律概括得很扼要。简单地说，就是平仄声要交错使用。一句话都是平声或都是仄声，一顺边，是很难听的。京剧《智取威虎山》里有一句唱词，原来是“迎来春天换人间”，毛主席给改了一个字，把

"天"字改成"色"字。有一点旧诗词训练的人都会知道，除了"色"字更具体之外，全句声音上要好听得多。原来全句六个平声字，声音太飘，改一个声音沉重的"色"字，一下子就扳过来了。写小说不比写诗词，不能有那样严的格律，但不能不追求语言的声音美，要训练自己的耳朵。一个写小说的人，如果学写一点旧诗、曲艺、戏曲的唱词，是有好处的。

外国话没有四声，但有类似中国的双声叠韵。高尔基曾批评一个作家的作品，说他用"咝"音的字太多，很难听。

中国语言里还有对仗这个东西。

中国旧诗用五七言，而文章中多用四六字句。骈体文固然是这样，骈四俪六；就是散文也是这样。尤其是四字句。四字句多，几乎成了汉语的一个特色。没有一篇文章找不出大量的四字句。如果有意避免四字句，便会形成一种非常奇特的拗体，适当地运用一些四字句，可以造成文章的稳定感。

我们现在写作时所用的语言，绝大部分是前人已经用过，在文章里写过的。有的语言，如果知道它的来历，便会产生联想，使这一句话有更丰富的意义。比如毛主席的诗："落花时节读华章"，如果不知出处，"落花时节"，就只是落花的时节。如果读过杜甫的诗："岐王宅里寻常见，崔九堂前几度闻，正是江南好风景，落花时节又逢君"，就会知道"落花时节"就包含着久别重逢的意思，就可产生联想。《沙家浜》里有两句唱词："垒起七星灶，铜壶煮三江"，是从苏东坡的诗"大瓢贮月归春瓮，小杓分江入夜瓶"脱胎出来的。我们许多的语言，自觉或不自觉地，都是从前人的语言中脱胎而出的。如果平日留心，积学有素，就会如有源之水，触处成文。否则就会下笔枯窘，想要用一个词句，一时却找它不出。

语言是要磨炼，要学的。

怎样学习语言？——随时随地。

首先是向群众学习。

我在张家口听见一个饲养员批评一个有点个人英雄主义的组长：

“一个人再能，当不了四堵墙。旗杆再高，还得有两块石头夹着。”

我觉得这是很好的语言。

我刚到北京京剧团不久，听见一个同志说：

“有枣没枣打三竿，你知道哪块云彩里有雨啊？”

我觉得这也是很好的语言。

一次，我回乡，听家乡人谈过去运河的水位很高，说是站在河堤上可以“踢水洗脚”，我觉得这非常生动。

我在电车上听见一个幼儿园的孩子念一首大概是孩子们自己编的儿歌：

山上有个洞，
洞里有个碗，
碗里有块肉，
你吃了，我尝了，
我的故事讲完了！

他翻来覆去地念，分明从这种语言的游戏里得到很大的快乐。我反复地听着，也能感受到他的快乐。我觉得这首几乎是没有意义的儿歌的音节很美。我也捉摸出中国语言除了押韵之外还可以押调。“尝”、“完”并不押韵，但是同是阳平，放在一起，产生一种很好玩的音乐感。

《礼记》的《月令》写得很美。

各地的“九九歌”是非常好的诗。

只要你留心，在大街上，在电车上，从人们的谈话中，从广告招贴上，你每天都能学到几句很好的语言。

其次是读书。

我要劝告青年作者，趁现在还年轻，多背几篇古文，背几首诗词，熟读一些现代作家的作品。

即使是看外国的翻译作品，也注意它的语言。我是从契诃夫、海明威、萨洛扬的语言中学到一些东西的。

读一点戏曲、曲艺、民歌。

我在《说说唱唱》当编辑的时候，看到一篇来稿，一个小戏，人物是一个小炉匠，上场念了两句对子：

风吹一炉火，
锤打万点金。

我觉得很美。

1947 年，我在上海翻看一本老戏考，有一段滩簧，一个旦角上场唱了一句：

春风弹动半天霞。

我大为惊异：这是李贺的诗！

二十多年前，看到一首傣族的民歌，只有两句，至今忘记不了：

斧头砍过的再生树，

战争留下的孤儿。

巴甫连柯有一句名言："作家是用手思索的。"得不断地写，才能扪触到语言。老舍先生告诉过我，说他有得写，没得写，每天至少要写五百字。有一次我和他一同开会，有一位同志作了一个冗长而空洞的发言，老舍先生似听不听，他在一张纸上把几个人的姓名连缀在一起，编了一副对联：

伏园焦菊隐

老舍黄药眠

一个作家应该从语言中得到快乐，正像电车上那个念儿歌的孩子一样。

董其昌见一个书家写一个便条也很用心，问他为什么这样，这位书家说："即此便是练字。"作家应该随时锻炼自己的语言，写一封信，一个便条，甚至是一个检查，也要力求语言准确合度。

鲁迅的书信，日记，都是好文章。

语言学中有一个术语，叫做“语感”。作家要锻炼自己对于语言的感觉。

王安石曾见一个青年诗人写的诗，绝句，写的是在宫廷中值班，很欣赏。其中的第三句是:“日长奏罢长杨赋”，王安石给改了一下，变成“日长奏赋长杨罢”，且说:“诗家语必此等乃健”。为什么这样一改就“健”了呢？写小说的，不必写“日长奏赋长杨罢”这样的句子，但要能体会如何便“健”。要能体会峭拔、委婉、流利、安详、沉痛……

建议青年作家研究研究老作家的手稿，捉摸他为什么改两个字，为什么要把那两个字颠倒一下。

“如鱼饮水，冷暖自知”，语言艺术有时是可以意会，难于言传的。

揉　面

使用语言，譬如揉面。面要揉到了，才软熟，筋道，有劲儿。水和面粉本来是两不相干的，多揉揉，水和面的分子就发生了变化。写作也是这样，下笔之前，要把语言在手里反复抟弄。我的习惯是，打好腹稿。我写京剧剧本，一段唱词，二十来句，我是想得每一句都能背下来，才落笔的。写小说，要把全篇大体想好。怎样开头，怎样结尾，都想好。在写每一段之间，我是想得几乎能背下来，才写的（写的时候自然会又有些变化）。写出后，如果不满意，我就把原稿扔在一边，重新写过。我不习惯在原稿上涂改。在原稿上涂改，我觉得很别扭，思路纷杂，文气不贯。

曾见一些青年同志写作，写一句，想一句。我觉得这样写出来的语言往往是松的，散的，不成“个儿”，没有咬劲。

有一位评论家说我的语言有点特别，拆开来看，每一句都很平淡，放在一起，就有点味道。我想谁的语言不是这样？拆开来，不都是平平常常的话？

中国人写字，除了笔法，还讲究“行气”。包世臣说王羲之的字，看起来大大小小，单看一个字，也不见怎么好，放在一起，字的笔画之间，字与字之间，就如“老翁携带幼孙，顾盼有情，痛痒相关”。安排语言，也是这样。一个词，一个词；一句，一句；痛痒相关，互相映带，才能姿势横生，气韵生动。

中国人写文章讲究“文气”，这是很有道理的。

自铸新词

托尔斯泰称赞过这样的语言：“菌子已经没有了，但是菌子的气味留在空气里”，以为这写得很美。好像是屠格涅夫曾经这样描写一棵大树被伐倒：“大树叹息着，庄重地倒下了。”这写得非常真实。“庄重”真好！我们来写，也许会写出“慢慢地倒下”，“沉重地倒下”，写不出“庄重”。鲁迅的《药》这样描写枯草：“枯草支支直立，有如铜丝。”大概还没有一个人用“铜丝”来形容过稀疏瘦硬的秋草。《高老夫子》里有这样几句话：“我没有再教下去的意思。女学堂真不知道要闹成什么样子。我辈正经人，确乎犯不上酱在一起……”“酱在一起”，真是妙绝（高老夫子是绍兴人。如果写的是北京人，就只能说“犯不上一块掺和”，那味道可就差远了）。

我的老师沈从文在《边城》里两次写翠翠拉船，所用字眼不一样。一次是：

有时过渡的是从川东过茶峒的小牛，是羊群，是新娘子的花轿，翠翠必争着作渡船夫，站在船头，懒懒的攀引缆索，让船缓缓的过去。

又一次：

翠翠斜睨了客人一眼，见客人正盯着她，便把脸背过去，抿着嘴儿，不声不响，很自负的拉着那条横缆。

“懒懒的”、“很自负的”，都是很平常的字眼，但是没有人这样用过。要知道盯着翠翠的客人是翠翠所喜欢的傩送二老，于是“很自负的”四个字在这里就有了很多很深的意思了。

我曾在一篇小说里描写过火车的灯光：“车窗蜜黄色的灯光连续地映在果园东边的树墙子上，一方块，一方块，川流不息地追赶着”；在另一篇小说里描写过夜里的马：“正在安静地、严肃地咀嚼着草料”，自以为写得很贴切。“追赶”、“严肃”都不是新鲜字眼，但是它表达了我自己在生活中捕捉到的印象。

一个作家要养成一种习惯，时时观察生活，并把自己的印象用清晰的、明确的语言表达出来。写下来也可以。不写下来，就记住（真正用自己的眼睛观察到的印象是不易忘记的）。记忆里保存了这种常用语言固定住的印象多了，写作时就会从笔端流出，不觉吃力。

语言的独创，不是去杜撰一些“谁也不懂的形容词之类”。好的语言都是平平常常的，人人能懂，并且也可能说得出来的语言——只是他没有说出来。人人心中所有，笔下所无。“红杏枝头春意闹”，“满宫明月梨花白”都是这样。“闹”字、“白”字，有什么稀奇呢？然而，未经人道。

写小说不比写散文诗，语言不必那样精致。但是好的小说里总要有一点散文诗。

语言要和人物贴近

我初学写小说时喜欢把人物的对话写得很漂亮，有诗意，有哲理，有时甚至很“玄”。沈从文先生对我说：“你这是两个聪明脑壳打架！”他的意思是说这不像真人说的话。托尔斯泰说过：“人是不能用警句交谈的。”

尼采的“苏鲁支语录”是一个哲人的独白。吉伯维的《先知》讲的是一些箴言。这都不是人物的对话。《朱子语类》是讲道德，谈学问，倒是谈得很自然，很亲切，没有那么多道学气，像一个活人说的话。我劝青年同志不妨看看这本书，从里面可以学习语言。

《史记》里用口语记述了很多人的对话，很生动。“伙颐！涉之为王沉沉者！”写出了陈涉的乡人乍见皇帝时的惊叹。（“伙颐”历来的注家解释不一，我以为这就是一个状声的感叹词，用现在的字写出来就是:“嗬咦!”)《世说新语》里记录了很多人的对话，寥寥数语，风度宛然。张岱记两个老者去逛一处林园，婆娑其间，一老者说:“真是蓬莱仙境了也!”另一个老者说:“个边哪有这样!”生动之至，而且一听就是绍兴话。《聊斋志异·翩翩》写两个少妇对话:“一日，有少妇笑入曰:‘翩翩小鬼头快活死!薛姑子好梦几时做得?’女迎笑曰:‘花城娘子，贵趾久弗涉，今日西南风紧，吹送来也——小哥子抱得未?’曰:‘又一小婢子。’女笑曰:‘花娘子瓦窖哉!——那弗将来?’曰:‘方呜之，睡却矣。’”这对话是用文言文写的，但是神态跃然纸上。

写对话就应该这样，普普通通，家长里短，有一点人物性格、神态，不能有多少深文大义。——写戏稍稍不同，戏剧的对话有时可以“提高”一点，可以讲一点“字儿话”，大篇大论，讲一点哲理，甚至可以说格言。

可是现在不少青年同志写小说时，也像我初学写作时一样，喜欢让人物讲一些他不可能讲的话，而且用了很多辞藻。有的小说写农民，讲的却是城里的大学生讲的话，——大学生也未必那样讲话。

不单是对话，就是叙述、描写的语言，也要和所写的人物“靠”。

我最近看了一个青年作家写的小说，小说用的是第一人称，小说中的“我”是一个才入小学的孩子，写的是“我”的一个同桌的女同学，这未尝不可。但是这个“我”对他的小同学的印象却是:“她长得很纤秀。”这是不可能的。小学生的语言里不可能有这个词。

有的小说，是写农村的。对话是农民的语言，叙述却是知识分子的语言，叙述和对话脱节。

小说里所描写的景物，不但要是作者眼中所见，而且要是所写的人物的眼中所见。对景物的感受，得是人物的感受。不能离开人物，单写作者自己的感受。作者得设身处地，和人物感同身受。小说的颜色、声音、形象、气氛，得和所写的人物水乳交融，浑然一体。就是说，小说的每一个字，都渗透了人物。写景，就是写人。

契诃夫曾听一个农民描写海，说："海是大的。"这很美。一个农民眼中的海也就是这样。如果在写农民的小说中，有海，说海是如何苍茫、浩瀚、蔚蓝……统统都不对。我曾经坐火车经过张家口坝上草原，有几里地，开满了手掌大的蓝色的马兰花，我觉得真是到了一个童话的世界。我后来写一个孩子坐牛车通过这片地，本是顺理成章，可以写成：他觉得到了一个童话的世界。但是我不能这样写，因为这个孩子是个农村的孩子，他没有念过书，在他的语言里没有"童话"这样的概念。我只能写：他好像在一个梦里。我写一个从山里来的放羊的孩子看一个农业科学研究所的温室，温室里冬天也结黄瓜，结西红柿：西红柿那样红，黄瓜那样绿，好像上了颜色一样。我只能这样写。"好像上了颜色一样"，这就是这个放羊娃的感受。如果稍为写得华丽一点，就不真实。

有的作者有鲜明的个人风格，可以不用署名，一看就知是某人的作品。但是他的各篇作品的风格又不一样。作者的语言风格每因所写的人物、题材而异。契诃夫写《万卡》和写《草原》、《黑修士》所用的语言是很不相同的。作者所写的题材愈广泛，他的风格也是愈易多样。

我写《徙》里用了一些文言的句子，如"呜呼，先生之泽远矣"，

“墓草萋萋，落照昏黄，歌声犹在，斯人邈矣”。因为写的是一个旧社会的国文教员。写《受戒》、《大淖记事》，就不能用这样的语言。

作者对所写的人物的感情、态度，决定一篇小说的调子，也就是风格。鲁迅写《故乡》、《伤逝》和《高老夫子》、《肥皂》的感情很不一样。对闰土、涓生有深浅不同的同情，而对高尔础、四铭则是不同的厌恶。因此，调子也不同。高晓声写《拣珍珠》和《陈奂生上城》的调子不同，王蒙的《说客盈门》和《风筝飘带》几乎不像是一个人写的。我写的《受戒》、《大淖记事》，抒情的成分多一些，因为我很喜爱所写的人，《异秉》里的人物很可笑，也很可悲悯，所以文体上也就亦庄亦谐。

我觉得一篇小说的开头很难，难的是定全篇的调子。如果对人物的感情、态度把握住了，调子定准了，下面就会写得很顺畅。如果对人物的感情、态度把握不稳，心里没底，或是有什么顾虑，往往就会觉得手生荆棘，有时会半途而废。

作者对所写的人、事，总是有个态度，有感情的。在外国叫做“倾向性”，在中国叫做“褒贬”。但是作者的态度、感情不能跳出故事去单独表现，只能融化在叙述和描写之中，流露于字里行间，这叫做“春秋笔法”。

正如恩格斯所说：倾向性不要特别地说出。

一九八二年一月八日

谈 风 格

一个人的风格是和他的气质有关的。布封说过:“风格即人。”中国也有“文如其人”的说法。人和人是不一样的。趋舍不同，静躁异趣。杜甫不能为李白的飘逸，李白也不能为杜甫的沉郁。苏东坡的词宜关西大汉执铁绰板唱“大江东去”，柳耆卿的词宜十三四女郎持红牙板唱“今宵酒醒何处，杨柳岸晓风残月”。中国的词可分为豪放与婉约两派。其他文体大体也可以这样划分。不知从什么时候起，因为什么，豪放派占了上风。茅盾同志曾经很感慨地说：现在很少人写婉约的文章了。“十年浩劫”，没有人提起风格这个词。我在“样板团”工作过。江青规定:“要写‘大江东去’，不要‘小桥流水’！”我是个只会写“小桥流水”的人，也只好跟着唱了十年空空洞洞的豪言壮语。三中全会以后，我才又重新开始发表小说，我觉得我可以按照我自己的样子写小说了。三中全会以后，文艺形势空前大好的标志之一，是出现了很多不同风格的作品。这一点是“十七年”所不能比拟的。那时作品的风格比较单一。茅盾同志发出感慨，正是在这样的时候。一个人要使自己的作品有风格，要能认识自己、发现自己，并且，应该不客气地说，欣赏自己。“我与我周旋久，宁作我。”一个人很少愿意自己是另外一个人的。一个人不能说自己写得最好，老子天下第一。但是就这个题材，这样的写法，以我为最好，只有我能这样的写。我和我比，我第一！一个随人俯仰，毫无个性的人是不能成为一个作家的。

其次，要形成个人的风格，读和自己气质相近的书。也就是说，读自己喜欢的书，对自己口味的书。我不太主张一个作家有系统地读书。作家应该博学，一般的名著都应该看看。但是作家不是评论家，更不是文学史家。我们不能按照中外文学史循序渐进，一本一本地读那么多书，更不能按照文学史的定论客观地决定自己的爱恶。我主张抓到什么就读什么，读得下去就一连气读一阵，读不下去就抛在一边。屈原的代表作是《离骚》。我直到现在还是比较喜欢《九歌》。李、杜是大家，他们的诗我也读了一些，但是在大学的时候，我有一阵偏爱王维，后来又读了一阵温飞卿、李商隐。诗何必盛唐。我觉得龚自珍的态度很好："我论文章恕中晚，略工感慨是名家。"有一个人说得更为坦率："一种风情吾最爱，六朝人物晚唐诗。"有何不可。一个人的兴趣有时会随年龄、境遇发生变化。我在大学时很看不起元人小令，认为浅薄无聊。后来因为工作关系，读了一些，才发现其中的淋漓沉痛处。巴尔扎克很伟大，可是我就是不能用社会学的观点读他的《人间喜剧》。托尔斯泰的《战争与和平》，我是到近四十岁时，因为成了右派，才在劳动改造的过程中硬着头皮读完了的。孙犁同志说他喜欢屠格涅夫的长篇，不喜欢他的短篇；我则正好相反。我认为都可以。作家读书，允许有偏爱。作家所偏爱的作品往往会影响他的气质，成为他的个性的一部分。契诃夫说过：告诉我你读的是什么书，我就可知道你是一个怎样的人。作家读书，实际上是读另外一个自己所写的作品。法朗士在《生活文学》第一卷的序言里说过："为了真诚坦白，批评家应该说：'先生们，关于莎士比亚，关于拉辛，我所讲的就是我自己。'"作家更是这样。一个作家在谈论别的作家时，谈的常常是他自己。"六经注我"，中国的古人早就说过。

一个作家读很多书，但是真正影响到他的风格的，往往只有不多的作家，不多的作品。有人问我受哪些作家影响比较深，我想了想：古人里是归有光，中国现代作家是鲁迅、沈从文、废名，外国作家是契诃夫和阿左林。

我曾经在一次讲话中说到归有光善于以清淡的文笔写平常的人事。这个意思其实古人早就说过。黄梨洲《文案》卷三《张节母叶孺人墓志铭》云：

> 予读震川文之为女妇者，一往情深，每以一二细事见之，使人欲涕。盖古今来事无巨细，唯此可歌可泣之精神，长留天壤。

姚鼐《与陈硕士》尺牍云：

> 归震川能于不要紧之题，说不要紧之语，却自风韵疏淡，此乃是于太史公深有会处，此境又非石士所易到耳。

王锡爵《归公墓志铭》说归文"无意于感人，而欢愉惨恻之思，溢于言表"。连被归有光诋为"庸妄巨子"的王世贞在晚年也说他"不事雕饰而自有风味"(《归太仆赞序》)。这些话都说得非常中肯。归有光的名文有《先妣事略》、《项脊轩志》、《寒花葬志》等篇。我受到影响的也只是这几篇。归有光在思想上是正统派，我对他的那些谈学论道的大文实在不感兴趣。我曾想：一个思想迂腐的正统派，怎么能写出那样富于人情味的优美的抒情散文呢？这问题我一直还没有想明白。归有光自称他的文章出于欧阳修。读《泷冈阡表》，可以知道《先妣事略》这样的文章的渊源。但是归有光比欧阳修写得更平易，更自然。他真是做到“无意为文”，写得像谈家常话似的。他的结构“随事曲折”，若无结构。他的语言更接近口语，叙述语言与人物语言衔接处若无痕迹。他的《项脊轩志》的结尾：

庭有枇杷树，吾妻死之年所手植也，今已亭亭如盖矣！

平淡中包含几许惨恻，悠然不尽，是中国古文里的一个有名的结尾。使我更为惊奇的是前面的：

“吾妻归宁，述诸小妹语曰：‘闻姊家有阁子，且何谓阁子也？’”话没有说完，就写到这里。想来归有光的夫人还要向小妹解释何谓阁子的，然而，不写了。写出了，有何意味？写了半句，而闺阁姊妹之间闲话神情遂如画出。这种照生活那样去写生活，是很值得我们今天写小说时参考的。我觉得归有光是和现代创作方法最能相通，最有现代味儿的一位中国古代作家。我认为他的观察生活和表现生活的方法很有点像契诃夫。我曾说归有光是中国的契诃夫，并非怪论。

中国现代作家的作品我读得比较熟的是鲁迅。我在下放劳动期间曾发愿将鲁迅的小说和散文像金圣叹批《水浒》那样，逐句逐段地加以批注。搞了两篇，因故未竟其事。中国五十年代以前的短篇小说作家不受鲁迅的影响的，几乎没有。近年来研究鲁迅的谈鲁迅的思想的较多，谈艺术技巧的少。现在有些年轻人已经读不懂鲁迅的书，不知鲁迅的作品好在哪里了。看来宣传艺术家鲁迅，还是我们的责任。这一课必须补上。

我是沈从文先生的学生。

废名这个名字现在几乎没有人知道了。国内出版的中国现代文学史没有一本提到他。这实在是一个真正很有特点的作家。他在当时的读者就不是很多，但是他的作品曾经对相当多的三十年代、四十年代的青年作家，至少是北方的青年作家，产生过颇深的影响。这种影响现在看不到了，但是它并未消失。它像一股泉水，在地下流动着。也许有一天，会汩汩地流到地面上来的。他的作品不多，一共大概写了六本小说，都很薄。他后来受了佛教思想的影响，作品中有见道之言，很不好懂。《莫须有先生传》就有点令人莫名其妙，到了《莫须有先生坐飞机以后》就不知所云了。但是他早期的小说，《桥》、《枣》、《桃园》和《竹林的故事》，写得真是很美。他把晚唐诗的超越理性，直写感觉的象征手法移到小说里来了。他用写诗的办法写小说，他的小说实际上是诗。他的小说不注重写人物，也几乎没有故事。《竹林的故事》算是长篇，叫做"故事"，实无故事，只是几个孩子每天生活的记录。他不写故事，写意境。但是他的小说是感人的，使人得到一种不同寻常的感动。因为他对于小儿女是那样富于同情心。他用儿童一样明亮而敏感的眼睛观察周围世界，用儿童一样简单而准确的笔墨来记录。他的小说是天真的，具有天真的美。因为他善于捕捉儿童的飘忽不定的思想和情绪，他运用了意识流。他的意识流是从生活里发现的，不是从外国的理论或作品里搬来的。有人说他的小说很像弗·沃尔芙，他说他没有看过沃尔芙的作品。后来找来看看，自己也觉得果然很像。这是一个很有趣的现象。身在不同的国度，素无接触，为什么两个作家会找到同样的方法呢？因为他追随流动的意识，因此他的行文也和别人不一样。周作人曾说废名是一个讲究文章之美的小说家。又说他的行文好比一溪流水，遇到一片草叶，都要去抚摸一下，然后又汪汪地向前流去。这说得实在非常好。

我讲了半天废名，你也许会在心里说：你说的是你自己吧？我跟废名不一样（我们的世界观首先不同）。但是我确实受过他的影响，现在还能看得出来。

契诃夫开创了短篇小说的新纪元。他在世界范围内使“小说观”发生了很大的变化，从重情节、编故事发展为写生活，按照生活的样子写生活。从戏剧化的结构发展为散文化的结构。于是才有了真正的短篇小说，现代的短篇小说。托尔斯泰最初很看不惯契诃夫的小说。他说契诃夫是一个很怪的作家，他好像把文字随便地丢来丢去，就成了一篇小说了。托尔斯泰的话说得非常好。随便地把文字丢来丢去，这正是现代小说的特点。

“阿左林是古怪的”（这是他自己的一篇小品的题目），他是一个沉思的、回忆的、静观的作家。他特别擅长于描写安静，描写在安静的回忆中的人物的心理的潜微的变化。他的小说的戏剧性是觉察不出来的戏剧性。他的“意识流”是明澈的，覆盖着清凉的阴影，不是芜杂的、纷乱的。热情的恬淡，入世的隐逸。阿左林笔下的西班牙是一个古旧的西班牙，真正的西班牙。

以上，我老实交代了我曾经接受过的影响，未必准确。至于这些影响怎样形成了我的风格（假如说我有自己的风格），那是说不清楚的。人是复杂的，不能用化学的定性分析方法分析清楚。但是研究一个作家的风格，研究一下他所曾接受的影响是有好处的。如果你想学习一个作家的风格，最好不要直接学习他本人，还是学习他所师承的前辈。你要认老师，还得先见见太老师。一祖三宗，渊源有自。这样才不至流于照猫画虎，邯郸学步。

一个作家形成自己的风格大体要经过三个阶段：一，摹仿；二，摆脱；三，自成一家。初学写作者，几乎无一例外，要经过摹仿的阶段。我年轻时写作学沈先生，连他的文白杂糅的语言也学。我的《汪曾祺短篇小说选》第一篇《复仇》，就有摹仿西方现代派的方法的痕迹。后来岁数大了一点，到了“而立之年”了吧，我就竭力想摆脱我所受的各种影响，尽量使自己的作品不同于别人。郭小川同志在“文化大革命”后期有一次碰到我，说：“你说过的一句话，我到现在还记得。”我问他是什么话，他说：“你说过：凡是别人那样写过的，我就决不再那样写！”我想，是说过。那还是反右以前的事了。我现在不说这个话了。我现在岁数大了，已经无意于使自己的作品像谁，也无意使自己的作品不像谁了。别人是怎样写的，我已经模糊了，我只知道自己这样的写法，只会这样写了。我觉得怎样写合适，就怎样写。我现在看作品，已经很少从形成自己的风格这样的角度去看了。对于曾经影响过我的作家的作品，近几年我也很少再看。然而：

菌子已经没有了，但是菌子的气味留在空气里。

影响，是仍然存在的。一个人也不能老是一个风格，只有一种风格。风格，往往是因为所写的题材不同而有差异的。或庄、或谐；或比较抒情，或尖刻冷峻。但是又看得出还是一个人的手笔。一方面，文备众体；另一方面又自成一家。

一九八四年二月二十一日

两栖杂述

我是两栖类。写小说，也写戏曲。我本来是写小说的。二十年来在一个京剧院担任编剧。近二三年又写了一点短篇小说。我过去的朋友听说我写京剧，见面时说："你怎么会写京剧呢？——你本来是写小说的，而且是有点'洋'的！"他觉得这简直不可思议。有些新相识的朋友，看过我近年的小说后，很诚恳地跟我说："您还是写小说吧，写什么戏呢！"他们都觉得小说和戏——京剧，是两码事，而且多多少少有点觉得我写京剧是糟蹋自己，为我惋惜。我很感谢他们的心意。有些戏曲界的先辈则希望我还是留下来写戏，当我表示我并不想离开戏曲界时，就很高兴。我也很感谢他们的心意。曹禺同志有一次跟我说："你还是双管齐下吧！"我接受了他的建议。

我小时候没有想过写戏，也没有想过写小说。我喜欢画画。

我的父亲是个画画的，在我们那个县城里有点名气。我从小就喜欢看他画画。每当他把画画的那间屋子打开（他不常画画），支上窗户，我就非常高兴。我看他研了颜色，磨了墨，铺好了纸；看他抽着烟想了一会，对着雪白的宣纸看了半天，用指甲或笔杆的一头在纸上比划比划，划几个道道，定了一幅画的间架章法，然后画出几个"花头”（父亲是画写意花卉的），然后画枝干、布叶、勾筋、补石、点苔，最后再“收拾”一遍，题款，用印，用摁钉钉在壁上，抽着烟对着它看半天。我很用心地看了全过程，每一步都看得很有兴趣。

我从小学到中学，都“以画名”。我父亲有一些石印的和珂罗版印的画谱，我都看得很熟了。放学回家，路过裱画店，我都要进去看看。

高中毕业，我本来是想考美专的。

我到四十来岁还想彻底改行，从头学画。

我始终认为用笔、墨、颜色来抒写胸怀，更为直接，也更快乐。

我到底没有成为一个画家。

到现在我还有爱看画的习惯，爱看展览会。有时兴之所至，特别是运动中挨整的时候，还时常随便涂抹几笔，发泄发泄。

喜欢画，对写小说，也有点好处。一个是，我在构思一篇小说的时候，有点像我父亲画画那样，先有一团情致，一种意向。然后定间架、画“花头”、立枝干、布叶、勾筋……一个是，可以锻炼对于形体、颜色、“神气”的敏感。我以为，一篇小说，总得有点画意。

我是怎样写起小说来的呢？

除了画画，我的“国文”成绩一直很好。从小学五年级到初中三年级，我的国文老师一直是高北溟先生。为了纪念他，我的小说《徙》里直接用了高先生的名字。他的为人、学问和教学的方法也就像我的小说里所写的那样，——当然不尽相同，有些地方是虚构的。在他手里，我读过的文章，印象最深的是归有光的《项脊轩志》、《先妣事略》。

有几个暑假，我还从韦子廉先生学习过。韦先生是专攻桐城派的。我跟着他，每天背一篇桐城派古文。姚鼐的、方苞的、刘大櫆和戴名世的。加在一起，不下百十篇。

到现在，还可以从我的小说里看出归有光和桐城派的影响。归有光以清淡之笔写平常的人情，我是喜欢的（虽然我不喜欢他正统派思想），我觉得他有些地方很像契诃夫。“桐城义法”，我以为是有道理的。桐城派讲究文章的提、放、断、连、疾、徐、顿、挫，讲“文气”。正如中国画讲“血脉流通”、“气韵生动”。我以为“文气”是比“结构”更为内在，更精微的概念，和内容、思想更有有机联系。这是一个很好的、很先进的概念，比许多西方现代美学的概念还要现代的概念。文气是思想的直接的形式。我希望评论家能把“文气论”引进小说批评中来，并且用它来评论外国小说。

我好像命中注定要当沈从文先生的学生。

我读了高中二年级以后，日本人打了邻县，我“逃难”在乡下，住在我的小说《受戒》里所写的小和尚庵里。除了高中教科书，我只带了两本书，一本屠格涅夫的《猎人笔记》，一本上海一家野鸡书店盗印的《沈从文小说选》。我于是翻来覆去地看这两本书。

我到昆明考大学，报了西南联大中国文学系，就是因为这个大学中文系有朱自清先生、闻一多先生，还有沈先生。

我选读了沈先生的三门课：“各体文习作”、“中国小说史”和“创作实习”。

我追随沈先生多年，受到教益很多，印象最深的是两句话。

一句是：“要贴到人物来写。”

他的意思不大好懂。根据我的理解，有这样几层意思：

第一，小说是写人物的。人物是主要的，先行的。其余部分都是次要的，派生的。作者要爱所写的人物。沈先生曾说过，对于兵士和农民“怀了不可言说的温爱”。“温爱”，我觉得提得很好。他不说“热爱”，而说“温爱”，我以为这更能准确地说明作者和人物的关系。作者对所写的人物要具有充满人道主义的温情，要有带抒情意味的同情心。

第二，作者要和人物站在一起，对人物采取一个平等的态度。除了讽刺小说，作者对于人物不宜居高临下。要用自己的心贴近人物的心，以人物哀乐为自己的哀乐。这样才能在写作的大部分的过程中，把自己和人物融为一体，语语出自自己的肺腑，也是人物的肺腑。这样才不会作出浮泛的、不真实的、概念的和抄袭借用来的描述。这样，一个作品的形成，才会是人物行动逻辑自然的结果。这个作品是“流”出来的，而不是“做”出来的。人物的身上没有作者为了外在的目的强加于他身上的东西。

第三，人物以外的其他的东西都是附属于人物的。景物、环境，都得服从于人物，景物、环境都得具有人物的色彩，不能脱节，不能游离。一切景物、环境、声音、颜色、气味，都必须是人物所能感受到的。写景，就是写人，是写人物对于周围世界的感觉。这样才会使一篇作品处处浸透了人物，散发着人物的气息，在不是写人物的部分有人物。

另外一句话是:“千万不要冷嘲。”

这是对于生活的态度，也是写作的态度。我在旧社会，因为生活的穷困和卑屈，对于现实不满而又找不到出路，又读了一些西方的现代派的作品，对于生活形成一种带有悲观色彩的尖刻、嘲弄、玩世不恭的态度。这在我的一些作品里也有所流露。沈先生发觉了这点，在昆明时就跟我讲过；我到上海后，又写信给我讲到这点。他要求的是对于生活的“执著”，要对生活充满热情，即使在严酷的现实面前，也不能觉得“世事一无可取，也一无可为”。一个人，总应该用自己的工作，使这个世界更美好一些，给这个世界增加一点好东西。在任何逆境之中也不能丧失对于生活带有抒情意味的情趣，不能丧失对于生活的爱。沈先生在下放咸宁干校时，还写信给黄永玉，说“这里的荷花真好！”沈先生八十岁了，还每天工作十几个小时，完成《中国服饰研究》这样的巨著，就是靠这点对于生活的执著和热情支持着的。沈先生的这句话对我的影响很深。

我是怎样写起京剧剧本来的呢？

我从小爱看京剧，也爱唱唱。我父亲会拉胡琴，我初中一年级的时候就随着他的胡琴唱戏，唱老生，也唱青衣。到读大学时还唱。有个广东同学听到我唱戏，就说：“丢那妈，猫叫！”

因为读的是中文系，我后来又学唱了昆曲。

我喜欢看戏，看京剧，也爱看地方戏，特别爱看川剧。

我没有想到过写戏曲剧本。

因为当编辑，编《说说唱唱》，想写作，又下不去，没有生活，不免发牢骚。那年恰好是纪念世界名人吴敬梓，有人就建议我在《儒林外史》里找一个题材，写写京剧剧本，我就写了一个《范进中举》。这个剧本演出了，还在北京市戏曲会演中得了一个奖。

1958年，我戴了右派帽子下去劳动。摘了帽子，想调回北京，恰好北京京剧团还有个编剧名额，我就这样调到了京剧团，一直到现在，二十年了。

搞文学的人是不大看得起京剧的。

这也难怪。京剧的文学性确实是很差，很多剧本简直是不知所云。前几个月，我在北京，每天到玉渊潭散步，每天听一个演员在练《珠帘寨》的定场诗：

李白斗酒诗百篇，
长安市上酒家眠。
摔死国舅段文楚，
唐王一怒贬北番！

李克用和李太白有什么关系呢？

《花田错》里有一句唱词：

桃花不比杏花黄……

桃花不黄，杏花也不黄呀！

可是，京剧毕竟是我们的文化遗产呀！而且，就是京剧，也有些很好的东西。比如大家都知道的《四进士》，用了那样多的典型的细节，刻画了宋士杰这样一个独特的人物，这就不用说了。我以为这出戏放在世界戏剧名作之林中，是毫不逊色的。再如《打渔杀家》里萧恩和桂英离家时的对话：

萧　恩　开门哪。（出门介）

桂　英　爹爹请转。

萧　恩　儿呀何事？

桂　英　这门还未曾上锁呢。

萧　恩　这门喏，关也罢不关也罢。

桂　英　里面还有许多动用家具呢。

萧　恩　傻孩子呀，门都不要了，要家具则甚哪！

桂　英　不要了？

萧　恩　不省事的冤家呀……

我觉得这是小说，很好的小说。我觉得写小说的，也是可以从戏曲里学到很多东西的。

戏曲、京剧，有些手法好像是旧。但是中国人觉得它很旧，外国人觉得它很新。比如"自报家门"，这就比用整整一幕戏来介绍人物省事得多。比如布莱希特的"间离效果"说，是受了中国戏曲的启发而提出来的，这很新呀！

我觉得我们不要妄自菲薄，数典忘祖。我们要"以故为新"，从遗产中找出新的东西来，特别是搞西方现代派的同志，我建议他们读一点旧文学，用比较文学的方法研究研究中国的古典文学。我总是希望能把古今中外熔为一炉。

我搞京剧，有一个想法，很想提高一下京剧的文学水平，提高其可读性，想把京剧变成一种现代艺术，可以和现代文学作品放在一起，使人们承认它和王蒙的、高晓声的、林斤澜的、邓友梅的小说是一个水平的东西，只不过形式不同。

搞搞京剧还有一个好处，即知道戏和小说是两种东西（当然又是相通的）。戏要夸张，要强调；小说要含蓄，要淡远。李笠翁说写诗文不可说尽，十分只能说二三分；写戏剧必须说尽，十分要说到十分。这是很有见地的话。托尔斯泰说人是不能用警句交谈的，这是指的小说；戏里的人物是可以用警句交谈的。因此，不能把小说写得像戏，不能有太多情节，太多的戏剧性。如果写的是一篇戏剧性很强的小说，那你不如干脆写成戏。

以上是一个两栖类的自白。

除了搞戏，我还搞过曲艺，编过《说说唱唱》；搞过民间文学，编了好几年《民间文学》。“文化大革命”以后，我发表的第一篇作品不是小说，而是民间文学的论文，而且和甘肃有点关系，是《“花儿”的格律》。我觉得这对写小说没有坏处。特别是民间文学，那真是一个宝库。我甚至可以武断地说，不读一点民歌和民间故事，是不能成为一个好小说家的。

我这个两栖类，这个“杂家”有点什么经验？一个是要尊重、热爱祖国的文学艺术传统；一个是兼收并蓄，兴趣更广泛一些，知识更丰富一些。

我希望有更多的两栖类，希望诗人、小说家都来写写戏曲。

载一九八三年第一期《飞天》

小说笔谈

语　言

在西单听见交通安全宣传车播出："横穿马路不要低头猛跑"，我觉得这是很好的语言。在校尉营一派出所外宣传夏令卫生的墙报上看到一句话："残菜剩饭必须回锅见开再吃"，我觉得这也是很好的语言。这样的语言真是可以悬之国门，不能增减一字。

语言的目的是使人一看就明白，一听就记住。语言的唯一标准，是准确。

北京的店铺，过去都用八个字标明其特点。有的刻在匾上，有的用黑漆漆在店面两旁的粉墙上，都非常贴切。"尘飞白雪，品重红绫"，这是点心铺。"味珍鸡蹠，香渍豚蹄"，是桂香村。煤铺的门额上写着"乌金墨玉，石火光恒"，很美。八面槽有一家"老娘"（接生婆）的门口写的是："轻车快马，吉祥姥姥"，这是诗。

店铺的告白，往往写得非常醒目。如"照配钥匙，立等可取"。在西四看见一家，门口写着："出售新藤椅，修理旧棕床"，很好。过去的澡堂，一进门就看见四个大字："各照衣帽"，真是简到不能再简。

《世说新语》全书的语言都很讲究。

同样的话，这样说，那样说，多几个字，少几个字，味道便不同。张岱记他的一个亲戚的话："尔兄弟奇矣！肉只是吃，不管好吃不好吃；酒只是不吃，不知会吃不会吃。"有一个人把这几句话略改了几个字，张岱便斥之为"伧父"。

一个写小说的人得训练自己的"语感"。

要辨别得出，什么语言是无味的。

结　构

戏剧的结构像建筑，小说的结构像树。

戏剧的结构是比较外在的、理智的。写戏总要有介绍人物，矛盾冲突、高潮（写戏一般都要先有提纲，并且要经过讨论），多少是强迫读者（观众）接受这些东西的。戏剧是愚弄。

小说不是这样。一棵树是不会事先想到怎样长一个枝子，一片叶子，再长的。它就是这样长出来了。然而这一个枝子，这一片叶子，这样长，又都是有道理的。从来没有两个树枝、两片树叶是长在一个空间的。

小说的结构是更内在的，更自然的。

我想用另外一个概念代替"结构"——节奏。

中国过去讲"文气"，很有道理。什么是"文气"？我以为是内在的节奏。"血脉流通"、"气韵生动"，说得都很好。

小说的结构是更精细，更复杂，更无迹可求的。

苏东坡说:“但常行于所当行，止于所不可不止”，说的是结构。

章太炎《葑汉微言》论汪容甫的骈体文，“起止自在，无首尾呼应之式”。写小说者，正当如此。

小说的结构的特点，是:随便。

叙事与抒情

现在的年轻人写小说是有点爱发议论。夹叙夹议，或者离开故事单独抒情。这种议论和抒情有时是可有可无的。

法朗士专爱在小说里发议论。他的一些小说是以议论为主的，故事无关重要。他不过借一个故事来发表一通牵涉到某一方面的社会问题的大议论。但是法朗士的议论很精彩，很精辟，很深刻。法朗士是哲学家。我们不是。我们发不出很高深的议论。因此，不宜多发。

倾向性不要特别地说出。

一件事可以这样叙述，也可以那样叙述。怎样叙述，都有倾向性。可以是超然的、客观的、尖刻的、嘲讽的(比如鲁迅的《肥皂》、《高老夫子》)，也可以是寄予深切的同情的(比如《祝福》、《伤逝》)。

董解元《西厢记》写张生和莺莺分别:“马儿登程，坐车儿临归;马儿往西行，坐车儿往东拽:两口儿一步儿离得远如一步也!”这是叙事。但这里流露出董解元对张生和莺莺的恋爱的态度，充满了感情。“一步儿离得远如一步也”，何等痛切。作者如无深情，便不能写得如此痛切。

在叙事中抒情，用抒情的笔触叙事。

怎样表现倾向性？中国的古话说得好：字里行间。

悠闲和精细

写小说就是要把一件平平淡淡的事说得很有情致（世界上哪有许多惊心动魄的事呢）。同样一件事，一个人可以说得娓娓动听，使人如同身临其境；另一个人也许说得索然无味。

《董西厢》是用韵文写的，但是你简直感觉不出是押了韵的。董解元把韵文运用得如此熟练，比用散文还要流畅自如，细致入微，神情毕肖。

写张生问店二哥蒲州有什么可以散心处，店二哥介绍了普救寺：

店都知，说一和，道："国家修造了数载余过，其间盖造的非小可，想天宫上光景，赛他不过。说谎后小人图什么？普天之下，更没两座。"张生当时听说后，道："譬如闲走，与你看去则个。"

张生与店二哥的对话，语气神情，都非常贴切。"说谎后，小人图什么"，活脱是一个二哥的口吻。

写张生游览了普救寺，前面铺叙了许多景物，最后写：

张生觑了，失声的道："果然好！"频频地稽首。欲待问是何年建，见梁文上明写着："垂拱二年修。"

这直是神来之笔。“垂拱二年修”，“修”字押得非常稳。这一句把张生的思想活动，神情，动态，全写出来了。——换一个写法就可能很呆板。

要把一件事说得有滋有味，得要慢慢地说，不能着急，这样才能体察人情物理，审词定气，从而提神醒脑，引人入胜。急于要告诉人一件什么事，还想告诉人这件事当中包含的道理，面红耳赤，是不会使人留下印象的。

张岱记柳敬亭说武松打虎，武松到酒店里，蓦的一声，店中的空酒坛都嗡嗡作响，说他“闲中著色，细微至此”。

唯悠闲才能精细。

不要着急。

董解元《西厢记》与其说是戏曲，不如说是小说。人民文学出版社出版的《董西厢》的“前言”里说：“它的组织形式和它采取的艺术手法，为后来的戏曲、小说开阔了蹊径”，是很有见识的话。从小说的角度来看，《董西厢》的许多细致处远胜于许多话本。它的许多方法，到现在对我们还有用，看起来还很“新”。

风格和时尚

齐白石在他的一本画集的前面题了四句诗：“冷艳如雪箇，来京不值钱。此翁无肝胆，空负一千年。”他后来创出了红花黑叶一派，他的画被买主，——首先是那些壁悬名人字画的大饭庄所接受了。

于非闇开始的画也是吴昌硕式的大写意的。后来张大千告诉他：

“现在画吴昌硕式的人这样多，你几时才能出头？”他建议于非闇改画院体的工笔画。于非闇于是改画勾勒重彩。于非闇的画也被北京的市民接受了。

扬州八怪的知音是当时的盐商。

我不以为盐商是不懂艺术的。

艺术是要卖钱的，是要被人们欣赏、接受的。

红花黑叶、勾勒重彩、扬州八怪，一时成为风尚。实际上决定一时风尚的是买主。画家的风格不能脱离欣赏者的趣味太远。

小说也是这样。就是像卡夫卡那样的作家。如果他的小说没有一个人欣赏，他的作品是不会存在的。

但是一个作家的风格总得走在时尚前面一点，他的风格才有可能转而成为时尚。

追随时尚的作家，就会为时尚所抛弃。

一九八二年二月

词曲的方言与官话

我的家乡，宋代出了个大词人秦观，明代出了个散曲大家王磐。我读他们的作品，有一点外乡人不大会有的兴趣，想看看他们的作品里有没有高邮话。结果是，秦少游的词里有，王西楼的散曲里没有。

夏敬观《手批山谷词》谓:“以市井语入词，始于柳耆卿，少游、山谷各有数篇。”今检《淮海居士长短句》，“以市井语入词”者似只三首。一首《满园花》，两首《品令》。《满园花》不知用的是什么地方的俚语，《品令》则大体上可以断定用的是高邮话。《品令》二首录如下:

一、幸自得。一分索强，教人难吃。好好地，恶了十来日。恰而今，较些不？　须管啜持教笑，又也何须肐织！衡倚赖脸儿得人惜。放软顽，道不得！

二、掉又臞。天然个品格，于中压一。帘儿下，时把鞋儿踢。语低低，笑咭咭。　每每秦楼相见，见了无门怜惜。人前强不欲相沾识。把不定，脸儿赤。

首先是这首词的用韵。刘师培《论文杂记》:“宋人词多叶韵……

（秦观《品令》用织、吃、日、不、惜为韵，则职、锡、质、物、陌五韵可通用矣。）”刘师培是把官修诗韵的概念套用到词上来了。“职、锡、质、物、陌”五韵大概到宋代已经分不清，无所谓“通用”。毛西河谓“词本无韵”，不是说不押韵，是说词本没有官定的，或具有权威的韵书，所押的只是“大致相近”的韵。张玉田谓：“词以协律，当以口舌相调。”只要唱起来顺口，听起来顺耳，就行。《品令》所押的是入声韵，入声韵短促，调值相近，几乎可以归为一大类，很难区别。用今天的高邮话读《品令》，觉得很自然，没有一点别扭。

焦循《雕菰楼词话》：“秦少游《品令》‘掉又臞。天然个品格’，此正秦邮土音，今高邮人皆然也。”焦循是甘泉人，于高邮为邻县，所言当有据。其实不止这一个“个”字，凭直觉，我觉得这两首词通篇都是用高邮话写的。“肐织”旧注以为“即‘肐肢’，意犹多曲折，不顺遂”，不可通。朱延庆君以为“肐织”即“胳肢”，今高邮人犹有读第二字为入声者，其说近是。“啜持”是用甜言蜜语哄哄。整句意思是：说两句好听的话哄哄你，准能教你笑，也用不着胳肢你！这两首词皆以方言写艳情，似是写给同一个人的，这人是一个惯会撒娇使小性儿的妓女。《淮海居士长短句·附录二　秦观词年表》推测二词写于熙宁九年，这年少游二十八岁，在家乡闲居，时作冶游，所相与的妓女当也是高邮人。故以高邮方言写词状其娇痴，这也是很自然的。词的语句，虽如夏敬观所说：“时移世易，语言变迁，后之阅者渐不能明”，很难逐句解释，但用今天的高邮话读起来，大体上还是能体味到它的情趣的，高邮人对这两首词会感到格外亲切。

少游有《醉乡春》，如下：

唤起一声人悄，衾冷梦寒窗晓。瘴雨过，海棠开，春色又添多少。社瓮酿成微笑，半缺椰瓢共舀。觉倾倒，急投床，醉乡广大人间小。

此词是元符元年于横州作，用的是通行的官话，非高邮土音。但有一个字有点高邮话的痕迹："舀"。王本补遗案曰"地志作'酌'，出韵，误"。《词品》卷三："此词本集不载，见于地志。而修《一统志》者不识'舀'字，妄改可笑。"《雨村词话》："舀，音咬，以瓢取水也。"《词林纪事》卷六按："换头第二句'舀'字，《广韵》上声三十'小'部有此字，以治切，正与'悄'字押。"看来有不少人不认识这个字，但在高邮，这不是什么冷字。高邮人谓以器取水皆曰舀，不一定是用瓢。用一节竹筒旁安一长把，以取水，就叫做"水舀子"。用瓷勺取汤，也叫做"舀一勺汤"。这个字不是高邮所独有，但少游是高邮人，对这个字很熟悉，故能押得自然省力耳。

王磐写散曲，我一直觉得有些奇怪。在他以前和以后，都不曾听说高邮还有什么人写过散曲。一个高邮人，怎么会掌握这种北方的歌曲形式，熟悉北方语言呢？

《康熙扬州府志》云："王磐，字鸿渐，高邮人……与金陵陈大声并为南曲之冠。"这"南曲"易为人误会。其实这里所说的"南曲"，是指南方的曲家。王磐所写，都是北曲。王骥德《曲律·论咏物》云"小令北调，王西楼最佳"。又《杂论》举当世之为北调者，谓"维扬则王山人西楼"。又云"客问词人之冠，余曰：于北词得一人，曰高邮王西楼"。任中敏校阅《王西楼乐府》后记："观于此本内无一南曲。"

写北曲得用北方语言，押北方韵。王西楼对此极内行。如《久雪》：

乱飘来燕塞边，密洒向程门外，恰飞还梁苑去，又舞过灞桥来。攘攘皑皑，颠倒把乾坤碍，分明将造化埋。荡磨的红日无光，隈逼的青山失色。

“色”字有两读，一读 se，而在我们家乡是读入声的；一读 shai，上声，这是河北、山东语音，我的家乡没有这样的读音。然而王磐用的这个“色”字分明应该读（或唱）成 shai 的，否则就不押韵。王磐能用 shai 押韵，押得很稳，北曲的味道很浓，这是什么道理呢？是他对《中原音韵》翻得烂熟，还是他会说北方话，即官话？我看后一种可能更大一些，否则不会这样运用自如。然而王西楼似未到过北方，而且好像足迹未出高邮一步，他怎能说北方话？这又颇为奇怪。有一种可能是当时官话已在全国流行，高邮人也能操北语了。我很难想象这位“构楼于城西僻地，坐卧其间”的王老先生说的是怎样的一口官话。

一九八九年十一月二十七日

读诗抬杠

“春江水暖鸭先知”，有人说:“鸭先知，鹅不先知耶?”鹅亦当先知，但改成“春江水暖鹅先知”，就很可笑。“五月临平山下路，藕花无数满汀洲”，有人说:“为什么是五月?应是六月，六月荷花始盛。”有人和他辩论，说:“五月好。”他说:“有何好！你只是读得惯了！”“疏影横斜水清浅，暗香浮动月黄昏”，有人说:“为什么一定是梅花?用之桃杏亦无不可。”东坡闻之，笑曰:“用之桃杏诚亦可，但恐桃杏不敢当耳！”读诗不可死抠字面，唯可意会。一种花有一种花的精神品格。“水清浅”、“月黄昏”，只是梅花的精神品格，别的花都无此高格，若桃花，只宜“桃花乱落如红雨”；杏花只宜“红杏枝头春意闹”。其人不服，且曰:“‘红杏枝头春意闹’不通！杏花不能发出声音，怎可说‘闹’?”对这种人只有一个办法，给他一块锅饼，两根大葱，抹一点黄酱，让他一边蹲着吃去。

一九九三年九月十二日

太监念京白

京剧里的太监都念京白（一般生、旦都念“韵白”，架子花偶尔念几句京白——行话叫“改口”，花旦多念京白，但也有念韵白的），《法门寺》的刘瑾的“自报家门”是其代表。特别是经金少山那么一念：“咱家，姓刘名瑾，字表春华，乃是陕西延安府的人氏。自幼儿七岁净身，九岁进宫，一十三岁，伺候老王，老王驾崩，扶保正德皇帝登基。我与万岁，明是君臣，暗同手足的一般……”吐字归音，铿锵顿挫，让人相信，太监就是那样说话的。

大概从明朝起（更准确地说，从永乐年间起），太监就说一种特殊韵味的京白，不论在宫里、宫外，在京、出京。

《陶庵梦忆·龙山放灯》：

万历辛丑年，父叔辈张灯龙山……庙门悬禁条：禁车马，禁烟火，禁喧哗，禁豪家奴不得行辟人。……十六夜，张分守宴织造太监于山巅星宿阁，傍晚至山下，见禁条，太监忙出舆笑曰：“遵他！遵他！自咱们遵他起！”

张岱文每喜用口语写人物对话。这一篇写织造太监的说话如闻其声，是口语，而且是地道的京白。

明朝的太监横行天下，他们有一个特点是到哪里都说京白。王世贞《弇山堂别集·中官考》载：

> 西厂太监谷大用遣逻卒四出刺访。江西南庭县民吴登显等三家于端午竞渡，以擅造龙舟捕之，籍其家。自是偏州下邑，见有华衣怒马作京师语音，辄相惊告，官司密赂之，冀免其祸。

这些“逻卒”都是锦衣卫的太监。

刘瑾说的是什么话呢？他是陕西兴平人（《法门寺》他自称是“陕西延安府的人氏”，差不多），本姓谈，按说该有点陕西口音，但他“幼自宫投中官刘姓者得进，因冒其姓”（《弇山堂别集》），他从小就进了宫，在太监堆里混大，一定已经说得一口太监味儿的京白了。他犯罪被捕，由驸马蔡震审问，他还仰起头来说：“若何人？忘我德！”这显然是由记录者把他的话译成文言了。他被捕时，“时夜旦半，瑾宿于内直房，闻喧声，曰：‘谁也？’应曰：‘有旨。’瑾遂披青蟒衣以出……”（《弇山堂别集》）这一声“谁也？”也很像是京白。

明清两代太监说京白，是没有问题的。到了民国后，还有《茶馆》里的庞太监，说了那样一口阴阳怪气，听了叫人起鸡皮疙瘩的醋熘京白。

至于明以前的太监，如宋朝的童贯，说的是什么话，就不知道了。《白逼宫》里的穆顺也说京白，不知道有什么根据。

一个暑假

我们家乡人要出一本韦鹤琴先生纪念册，来信嘱写一篇小序。我觉得这篇序由我来写不合适，我是韦先生受业弟子，弟子为老师的纪念册写序，有些僭妄，而且我和韦先生接触不多，对他的生平不了解，建议这篇序还是请邑中耆旧和韦先生熟识的来写，我只寄去一首小诗：

绿纱窗外树扶疏，
长夏蝉鸣课楷书，
指点桐城申义法，
江湖满地一纯儒。

诗后加了一个附注：

小学毕业之暑假，我在三姑父孙石君家从韦先生学。韦先生每日讲桐城派古文一篇，督临《多宝塔》一纸。我至今作文写字，实得力于先生之指授。忆我从学之时，已经六十年矣，而先生之声容态度，闲闲雅雅，犹在耳目。

关于这个附注，也还需要再作一点说明。我的三姑父——我的家乡对姑妈有一个奇怪的称呼，叫“摆摆”，姑父则叫“姑摆摆”，原是办教育的，他后来弃教从商，经营过水泵，造过酱醋，但他一直是个“儒商”，平日交往的还是以清白方正，有学问的教员居多。他对韦先生很敬佩，这年暑假就请他住到家里，教我的表弟和我。

“绿纱窗外树扶疏”是记实。三姑父在生活上是个革新派。他们家是不供菩萨的，也没有祖宗牌位。堂屋正面的墙上挂着两副对子。一副我还记得，“谈禅不落三乘后，负耒还期十亩前”，好像就是韦先生写的。他家的门窗，都钉了绿色的铁纱，这在我们县里当时是少见的。因此各间屋里都没有苍蝇蚊子。而且绿纱沉沉，使人感到一片凉意。窗外是有一些树的。有一棵苹果树，这也是少见的。每年也结几个苹果，很小，而且酸。树上当然是有知了叫的。

三姑父家后面有一片很大的空地。有几个山东人看中了这片地，租下开了一个锅厂。锅厂有几个小伙计，除了眼睛、嘴唇，一天脸都是黑的，煤烟熏的。他们老是用大榔头把生铁块砸碎，成天听到当啷当啷的声音。不过并不吵人。

我就在蝉鸣和砸铁声中读书写字。这个暑假我觉得过得特别的安静。

韦先生学问广博，但对桐城派似乎下的功夫尤其深。他教我的都是桐城派的古文，每天教一篇。我印象最深的是姚鼐的《游泰山记》、方苞的《左忠毅公逸事》、戴名世的《画网巾先生传》等等诸篇。《游泰山记》里的名句“苍山负雪，明烛天南，望汶水徂崃如画，而半山居雾若带然”，我一直记得。尤其是“明烛天南”，我觉得写得真美，我第一次知道“烛”字可以当动词用。“居雾”的“居”字也下得极好。左光斗在狱中的表现实在感人：“国家事糜烂至此……不速去，吾今即扑杀汝！”这真是一条铁汉子。《画网巾先生传》写得浅了一点，但也不失为一篇立场鲜明的文章。刘大櫆、薛福成等人的文章，我也背过几篇。我一直认为“桐城义法”是有道理的，不能一概斥之为“谬种”。

韦先生是写魏碑的。我的祖父六十岁的寿序的字是韦先生写的（文为高北溟先生所撰），写在万年红纸上，字极端整，无一败笔。我后来看到一本影印的韦先生临的魏碑诸体的字帖，才知道韦先生把所有的北碑几乎都临过，难怪有这样深的功力。不过他为什么要我临《多宝塔》呢？最近看到韦先生的诗稿，明白了：韦先生的字的底子是颜字。诗稿是行楷，结体用笔实自《祭侄文》、《争座位》出。写了两个月《多宝塔》，对我以后写字，是大有好处的。

我的小诗附注中说“我至今作文写字，实得力于先生之指授”，是诚实的话，非浮泛语。

暑假结束后，我读了初中，韦先生回家了，以后，我和韦先生再也没有见过面。

听说韦先生一直在三垛，很少进城。

抗战时期，他拒绝出任伪职，终于家。

韦先生名子廉，鹤琴是别号。我怀疑“子廉”也是字，非本名。

载一九九八年第一期《收获》

徐文长的婚事

偶读徐文长的杂剧《歌代啸》，顺便把《徐渭集》（中华书局 1983 年版）翻了一遍，对徐文长的生平略有了解。文长是一大奇人。奇事之一是杀妻。把自己的老婆杀了，这在中国文人里还没听说过有第二人。徐文长杀的是其继室张氏，不是原配夫人。

徐文长的原配姓潘。徐文长二十岁订婚，二十一岁结婚。文长自订《畸谱》云：

二十岁。庚子，渭进山阴学诸生，得应乡科，归聘潘氏。

二十一岁。寓阳江，夏六月，婚。

文长和潘氏夫人是感情很好的。《徐渭集》卷十一：嘉靖辛丑之夏，妇翁潘公即阳江官舍，将令予合婚，其乡刘寺丞公代为之媒，先以三绝见遗。后六年而细子弃帷。又三年闻刘公亦谢世。癸丑冬，徙书室，检旧札见之，不胜凄惋，因赋《七绝》：

一

十年前与一相逢，
光景犹疑在梦中。
记得当时官舍里，
熏风已过荔枝红。

二

华堂日晏绮罗开，
伐鼓吹箫一两回。
帐底画眉犹未了，
寺丞亲着绛纱来。

三

筵前半醉起逡巡，
窄袖长袍妥着身。
若使吹箫人尚在，
今宵应解说伊人。

四

闻君弃世去乘云，
但见缄书不见君。
细子空帷知几度，
争教君不掩荒坟。

五

掩映双鬟绣扇新，
当时相见各青春。

傍人细语亲听得，

道是神仙会里人。

六

翠幌流尘着地垂，

重论旧事不胜悲。

可怜唯有妆台镜，

曾照朱颜与画眉。

七

箧里残花色尚明，

分明世事隔前生。

坐来不觉西窗暗，

飞尽寒梅雪未晴。

这七首诗除了第四首主要是写刘寺丞的旧札的外，其余六首都是有关潘氏夫人的。癸丑那年，徐文长三十三岁，距离与潘氏结婚已经十二年，离潘之死，也八年了。当时情景，历历在目，文长盖无一日忘之，诗的感情的确是很凄惋的。从诗里看，潘夫人是相当漂亮的。

紧挨着第七首诗后面的是“内子亡十年，其家以甥在，稍还母所服，潞州红衫，颈汗尚浼，余为泣数行下，时夜天大雨雪”：

黄金小纽茜衫温，

袖摺犹存举案痕。

开匣不知双泪下，

满庭积雪一灯昏。

诗写得很朴实，睹物思人，只是几句家常话，但是感情很真挚，是悼亡诗里的上品。

卷五有《述梦二首》：

一

伯劳打始开，
燕子留不住，
今夕梦中来，
何似当初不飞去？
怜羁雄，
嗤恶侣，
两意茫茫坠晓烟，
门外乌啼泪如雨。

二

跣而濯，
宛如昨，
罗鞋四钩闲不着。
棠梨花下踏黄泥，
行踪不到栖鸳阁。

这两首诗第二首很空灵，第一首则颇质实。看诗意，也是写潘夫人的。诗里写到女人洗脚，不是夫妻咋行？从“怜羁雄，嗤恶侣”看，诗是在文长再娶之后写的，做这个梦时，文长已是四十岁以后了。

徐和潘不但感情好，脾气性格也相投。这位潘夫人生前竟没有名字，她的名字是她死后徐文长给她起的。《亡妻潘墓志铭》曰：“君姓潘氏，生无名字，死而渭追有之。以其介似渭也，名似，字介君。”给夫人起这样一个名字，称得起是知己了。潘夫人地下有知，想也是感激的。《墓志铭》称“介君彗而朴廉，不嫉忌”。徐文长容易生气，爱多心，潘夫人是知道的，每当要跟文长说点正经事，一定先考虑考虑，别说出什么叫徐文长不爱听的话。“与渭正言，必择而后发，恐渭猜，蹈所讳。”看来潘夫人对徐文长迁就的时候多。因此，闺中相处六年，生活是美满的。

文长再婚后，对原先的夫人更加怀念不置。

徐文长共结过三次婚。第二个夫人姓王，只共同生活了三个月左右。《畸谱》：

三十九岁。徙师子街。夏，入赘杭之王，劣甚。始被诒而误，秋，绝之，至今恨不已。

四十岁时与张氏订婚，四十一岁与张氏结婚。四十六岁时杀了张氏。《畸谱》：

四十六岁。易复，杀张下狱。隆庆元年丁卯。

徐文长到底为什么要杀妻，这是个弄不清楚的问题。

他和张氏的感情是不好的，甚至很坏，文长对张氏虽不像对王氏那样，认为“劣甚”，“至今恨不已”，但是“怜羁雄，嗤恶侣”的“恶侣”似乎说的是张氏，不是王氏。因为文长入赘王家时间甚短，《述梦》不会是恰恰写于这段时间。文长集中对张只字不提，——他为潘夫人写了多少好诗！《畸谱》中只记了一笔：“杀张下狱”，在监狱里所写的诗也只写了对关心他的人、营救他的人表示感谢，对杀妻这件事没有态度，看不出他有什么后悔、内疚。

徐文长杀妻，都说是出于猜疑嫉妒。袁宏道谓“以疑杀其继室”，陶望龄谓“渭为人猜而妒，妻死后有所娶，辄以嫌弃（按，此指王氏），至是又击杀其后妇，遂坐法系狱中”。猜疑什么？是疑其不贞？以无据可查，不能妄测。

比较站得住的原因，是文长这时已经得了精神病，他已经疯了。他曾用锥子锥进自己的耳朵。袁宏道《徐文长传》谓“或以利锥锥其两耳，深入寸余，竟不得死”。陶望龄《徐文长传》谓“……遂发狂，引巨锥剚耳刺深数寸，流血几殆”。这是文长四十五岁时的事。《畸谱》：

四十五岁。病易。丁剚其耳，冬稍瘳。

杀妻是四十六岁，相隔不到一年，他的疯病本没有好，这年又复发了。

一个人干得出用锥子锥自己的耳朵，干出像杀妻这样的事，就不是完全不可想象的了。

一个人为什么要发疯？因为他是天才。

凡·高为什么要发疯，你能解释清楚吗？

一九九一年六月十三日

王磐的《野菜谱》

我对王西楼很感兴趣。他是明代的散曲大家。我的家乡会出一个散曲作家，我总觉得是奇怪的事。王西楼写散曲，在我的家乡可以说是空前绝后，在他以前，他的同时和以后，都不曾听说有别的写散曲的。西楼名磐，字鸿渐，少时薄科举，不应试，在高邮城西筑楼居住，与当时文士谈咏其间，自号西楼。高邮城西濒临运河，王西楼的名曲《朝天子·咏喇叭》:“官船来往乱如麻，全仗你，抬声价。”正是运河堤上所见。我小时还在堤上见过接送官船的“接官厅”。高邮很多人知道王西楼，倒不是因为他写散曲。我在亲戚家的藏书中没有见过一本《西楼乐府》，不少人甚至不知“散曲”为何物。大多数市民知道王西楼是个画家。高邮到现在还流传一句歇后语:“王西楼嫁女儿——画（话）多银子少。”关于王西楼的画，有一些近乎神话似的传说，但是他的画一张也没有留下来。早就听说他还著了一部《野菜谱》，没有见过，深以为憾。近承朱延庆君托其友人于扬州师范学院图书馆所藏陶珽重编《说郛》中查到，影印了一册寄给我，快读一过，对王西楼增加了一分了解。

留心可以度荒的草木，绘成图谱，似乎是明朝人的一种风气。朱元璋的第五个儿子朱棣就曾搜集了可以充饥的草木四百余种，在自己的园圃里栽种，叫画工依照实物绘图，加了说明，编了一部《救荒本草》。王磐是个庶民，当然不能像朱棣那样雇人编绘了那样卷帙繁浩的大书。编了，也刻不起。他的《野菜谱》只收了五十二种，不过那都是他目验、亲尝、自题、手绘的，而且多半是自己掏钱刻印的，——谁愿意刻这种无名利可图的杂书呢？他的用心是可贵的，也是感人的。

《野菜谱》卷首只有简单的题署：

野菜谱

高邮王鸿渐

无序跋，亦无刊刻的年月。我以为这书是可信的，这种书不会有人假冒。

五十二种野菜中，我所认识的只有：白鼓钉（蒲公英）、蒲儿根、马栏头、青蒿儿（即茵陈蒿）、枸杞头、野菉豆、蒌蒿、荠菜儿、马齿苋、灰条。其余的不但不识，连听都没听说过，如“燕子不来香”“油灼灼”……

《野菜谱》上文下图。文约占五分之三，图占五分之二，“文”，在菜名后有两三行说明，大都是采食的时间及吃法，如：

白鼓钉

名蒲公英，四时皆有，唯极寒天，小而可用，采之熟食。

后面是近似谣曲的通俗的乐府短诗，多是以菜名起兴，抒发感慨，嗟叹民生的疾苦。穷人吃野菜是为了度荒，没有为了尝新而挑菜的。我的家乡很穷，因为多水患，《野菜谱》几处提及，如：

眼子菜

眼子菜，如张目，年年盼春怀布谷，犹向秋来望时熟。何事频年倦不开，愁看四野波漂屋。

猫耳朵

猫耳朵，听我歌，今年水患伤田禾，仓廪空虚鼠弃窝，猫兮猫兮将奈何！

灾荒年月，弃家逃亡，卖儿卖女，是常见的事，《野菜谱》有一些小诗，写得很悲惨，如：

江　荠

江荠青青江水绿，江边挑菜女儿哭。爹娘新死兄趁熟，止存我与妹看屋。

抱娘蒿

抱娘蒿，结根牢，解不散，如漆胶。君不见昨朝儿卖客船上，儿抱娘哭不肯放。

读了这样的诗，我们可以理解王磐为什么要写《野菜谱》，他和朱橚编《救荒本草》的用意是不相同的。同时也让我们知道，王磐怎么会写出《朝天子·咏喇叭》那样的散曲。我们不得不想到一个多年来人们不爱用的一个词儿：人民性。我觉得王磐与和他被并称为“南曲之冠”的陈大声有所不同。陈大声不免油滑，而王磐的感情是诚笃的。

《野菜谱》的画不是作为艺术作品来画的，只求形肖。但是王磐是画家，昔人评其画品“天机独到”，原作绝不会如此的毫无笔力。《说郛》本是复刻的，刻工不佳，我非常希望能看到初刻本。

我觉得对王西楼的评价应该调高一些，这不是因为我是高邮人。

一九八九年七月三日

《水浒》人物的绰号

鼓上蚤和拼命三郎

由“旱地忽律”想到《水浒》一百零八将的绰号。

有的绰号是起得很精彩的，很能写出人物的气质风度，很传神，耐人寻味。

如“鼓上蚤时迁”。曾看过一则小资料，跳蚤是世界动物中跳高的绝对冠军，以它的个头和能跳的高度为比例，没有任何动物能赶得上，这是有数据的。当时想把这则资料剪下来，忙乱中丢失了，很可惜。我所以对这则资料感兴趣，是因为当时就想到“鼓上蚤”。跳蚤本来跳得就高，于鼓上跳，鼓有弹性，其高可知。话说回来，谁见过鼓上的跳蚤？给时迁起这个绰号的人的想象力实在令人佩服。

时迁在《水浒》里主要做了三件事：一偷鸡，二盗甲，三火烧翠云楼。偷鸡无足称，虽然这是武丑的开门戏。写得最精彩的是盗甲。时迁是“神偷”型的人物，中国的市民对于神偷是很崇拜的。凡神偷都有共同的特点，除了身轻、手快，一双锐利的眼睛，更重要的是举重若轻，履险如夷，于间不容发之际能从容不迫。《水浒》写盗甲，一步一步，层次分明，交代清楚。甲到手，时迁“悄悄地开了楼门，款款儿地背着皮匣，下得胡梯，从里面直开到外门来，真是神不知鬼不觉”。“款款地”是不慌不忙的意思，现在山西、张家口还这么说。“款款”下加一“儿”字，“款款儿地”，更有韵味。火烧翠云楼是打北京城的一大关目。这两回书都写得不精彩，李卓吾评之曰“不济不济”。时迁放火，写得很马虎。不过我小时看石印本绣像《水浒》，时迁在烈焰腾腾的翠云楼最高一层的檐角倒立着——拿起一把顶，印象还是很深刻的。

时迁在《水浒》里要算个人物，但石碣天书却把他排在地煞星的倒数第二，连白日鼠白胜都在他的前面，后面是毫无作为的“金毛犬段景住”，这实在是委屈了他。

如“拼命三郎石秀”。“拼命”和“三郎”放在一起，便产生一种特殊的意境，产生一种美感。大郎、二郎都不成，就得是三郎。这有什么道理可说呢？大哥笨、二哥憨，只有老三往往是聪明伶俐的。中国语言往往反映出只可意会的、潜在复杂的社会心理。

拼命三郎不止是不怕死，敢拼命，路见不平，拔刀相助，为朋友两肋插刀，更重要的是说他办事爽快，凡事不干则已，干，就干净利落，绝不拖泥带水。这是个工于心计的人，绝不是莽莽撞撞。看他杀胡道，杀海阇黎、杀潘巧云、杀迎儿，莫不经过详实的调查，周密的安排，刀刀见血，下手无情。这个人给人的印象是未免太狠了一点。

石秀上山后无大作为，只是三打祝家庄探路有功，但《水浒》写得也较平淡，倒是昆曲《探庄》给他一个“单出头”的机会。曾见过侯永奎的《探庄》，黑罗帽，黑箭衣，英气勃勃。侯永奎的嗓子奇高而亮，只是有点左，不大挂味，但演石秀，却很对工。

浪子燕青及其他

“浪子燕青”的“浪子”是一个特定概念，指的是风流浪子。张国宝《罗李郎》杂剧：“人都道你是浪子，上长街百十样风流事。”此人一出场，但见：

六尺以上身材，二十四五年纪，三牙掩口细髯，十分腰细膀阔。……腰间斜插名人扇，鬓畔常簪四季花。

这个“人物赞”描写如画，在《水浒》诸“赞”之中是上乘。

这人是北京土居人氏，自小父母双亡，卢员外家中养的他大。为见他一身雪练也是白肉，卢俊义叫一个高手匠人，与他刺了这一身遍体花绣，却似玉亭柱上铺着软翠。若赛锦体，由你是谁，都输与他。不则一身好花绣，那人更兼吹的、弹的、唱的、舞的，拆白道字，顶真续麻，无有不能，无有不会。亦是说的诸路乡谈，省的诸行百艺的市语。更且一身本事，无人比的：拿着一张川弩，只用三枝短箭，郊外落生，并不放空，箭到物落。晚间入城，少杀也有百十个虫蚁。若赛锦标社，那里利物，管取都是他的。亦且此人百伶百俐，道头知尾，本身姓燕，排行第一，官名单讳个青字，此京城里人口顺，都叫他做“浪子燕青”。

《水浒》里文身绣体的有两个人。一个是史进，一个是燕青。史进刺的是九纹龙，燕青刺的大概是花鸟。“凤凰踏碎玉玲珑，孔雀斜穿花错落。”“玉玲珑”是什么，曾有人考证过，结论勉强。一说玉玲珑是复瓣水仙。总之燕青刺的花是相当复杂的。史进的绣体因为后来不常脱膊，再没有展示的机会。燕青在东岳庙和任原相扑，脱得只剩一条熟绢水裤儿，浑身花绣毕露，赢得众人喝彩，着实地出了风头。

《水浒》对燕青真是不惜笔墨，前后共用了一篇赋体的赞，一段散文的叙述，一首“沁园春”，一篇七言古风，不厌其烦。如此调动一切手段赞美一个人物，在全书中绝无仅有。看来作者对燕青是特别钟爱的。

写相扑一回，章法奇特。前面写得很铺张，从燕青与宋江谈话，到燕青装作货郎担儿，唱山东货郎转调歌，到和李逵投宿住店，到用扁担劈了任原夸口的粉牌，到众人到客店张看燕青，到燕青游玩岱岳庙，到往迎恩桥看任原，到相扑献台的布置，到太守劝阻燕青，到“部署”再度劝阻，一路写来，曲折详尽，及至正面写到相扑交手，只几句话就交代了。起得铺张，收得干净，确是文章高手。相扑原是“说时迟，那时快”的事，动作本身，没有多少好写。但是《水浒》的寥寥数语却写得十分精彩。

……任原看看逼将入来，虚将左脚卖个破绽，燕青叫一声“不要来！”任原却待奔他，被燕青去任原左肋下穿将过去。任原性起，急转身又来拿燕青，被燕青虚跃一跃，又在右肋下钻过去。大汉转身，终是不便，三换换得脚步乱了。燕青却抢将入去，左手扭住任原，探左手插入任原交裆，用肩胛顶住他胸脯，把任原直托将起来，头重脚轻，借力便旋四五旋，旋到献台边，叫一声“下去！”把任原头在下脚在上，直撺下献台来，这一扑名叫“鹁鸽旋”，数万香官看了，齐声喝彩。

《容与堂刻本水浒传》于此处行边加了一路密圈，看来李卓吾对这段文字也是很欣赏的。这一段描写实可作为体育记者的范本。

燕青不愧是“浪子”。

《水浒》一百零八人多数的绰号并不是很精彩。宋江绰号“呼保义”，不知是什么意思。龚开的画赞称之曰“呼群保义”，近是“增字解经”。他另有个绰号“及时雨”是个比喻，只是名实不符。宋江并没有在谁遇到困难时给人什么帮助，倒是他老是在危难之际得到别人的解救。“黑旋风李逵”的绰号大概起得较早，元杂剧里就有几出以“黑旋风”为题目的，这个绰号只是说他爱向人多处排头砍去，又生得黑，也形象，但了无余蕴。“霹雳火”只是说这个人性情急躁。“豹子头”我始终不明白是什么意思，倒是“菜园子张青”虽看不出此人有多大能耐，却颇潇洒。

不过《水浒》能把一百零八人都安上一个绰号，配备齐全，也不容易。

绰号是特定的历史时期的文学现象和社会现象。其盛行大概在宋以后、明以前，即《水浒》成书之时。宋以前很少听到。明以后不绝如缕。如《七侠五义》里的“黑狐狸智化”，窦尔敦“人称铁罗汉”，但在演义小说中不那么普遍。从文学表现手段（虽然这是末技）和社会心理，主要是市民心理的角度研究一下绰号，是有意义的。

一九九〇年八月十四日

诗与数字

杜牧诗："千里莺啼绿映红，水村山郭酒旗风，南朝四百八十寺，多少楼台烟雨中。"杨升庵以为"千里"当作"十里"，千里之外，莺声已不可闻。杨升庵是才子，著书甚多，但常有很武断的话。"千里"是宏观。诗题是《江南春》，泛指江南，并非专指一个地区。"四百八十寺"也是极言其多，未必真是四百八十座庙。诗里的数字大都宏观。"千山鸟飞绝，万径人踪灭"、"群山万壑赴荆门"，"千"、"万"，都不是实数。"千里江陵一日还"，也不是整整一千里（郦道元《水经注》："有时朝发白帝，暮到江陵，其间千二百里。"）

以数字入诗，好像是中国诗的特有现象，非常普遍。骆宾王尤喜用数字，被称为"算博士"，但即是骆宾王，所用数字也未必准确。有的诗里的数字倒可能是确数，如"故乡七十五长亭"。

一九九三年九月十七日

“无事此静坐”

我的外祖父治家整饬，他家的房屋都收拾得很清爽，窗明几净。他有几间空房，檐外有几棵梧桐，室内木榻、漆桌、藤椅。这是他待客的地方。但是他的客人很少，难得有人来。这几间房子是朝北的，夏天很凉快。南墙挂着一条横幅，写着五个正楷大字：

“无事此静坐”

我很欣赏这五个字的意思。稍大后，知道这是苏东坡的诗，下面的一句是：

“一日当两日”

事实上，外祖父也很少到这里来。倒是我常常拿了一本闲书，悄悄走进去，坐下来一看半天，看起来，我小小年纪，就已经有一点隐逸之气了。

静，是一种气质，也是一种修养。诸葛亮云，非淡泊无以明志，非宁静无以致远。”心浮气躁，是成不了大气候的。静是要经过锻炼的，古人叫做“习静”。唐人诗云：“山中习静朝观槿，松下清斋折露葵。”“习静”可能是道家的一种功夫，习于安静确实是生活于扰攘的尘世中人所不易做到的。静，不是一味地孤寂，不闻世事。我很欣赏宋儒的诗：“万物静观皆自得，四时佳兴与人同。”唯静，才能观照万物，对于人间生活充满盎然的兴致。静是顺乎自然，也是合乎人道的。

世界是喧闹的。我们现在无法逃到深山里去，唯一的办法是闹中取静。毛主席年轻时曾采取了几种锻炼自己的方法，一种是“闹市读书”。把自己的注意力高度集中起来，不受外界干扰，我想这是可以做到的。

这是一种习惯，也是环境造成的。我下放张家口沙岭子农业科学研究所劳动，和三十几个农业工人同住一屋。他们吵吵闹闹，打着马锣唱山西梆子，我能做到心如止水，照样看书、写文章。我有两篇小说，就是在震耳的马锣声中写成的。这种功夫，多年不用，已经退步了，我现在写东西总还是希望有个比较安静的环境，但也不必一定要到海边或山边的别墅中才能构思。

大概有十多年了，我养成了静坐的习惯。我家有一对旧沙发，有几十年了。我每天早上泡一杯茶，点一支烟，坐在沙发里，坐一个多小时。虽是犹然独坐，然而浮想连翩。一些故人往事，一些声音、一些颜色、一些语言、一些细节，会逐渐在我的眼前清晰起来，生动起来。这样连续坐几个早晨，想得成熟了，就能落笔写出一点东西。我的一些小说散文，常得之于清晨静坐之中。曾见齐白石一幅小画，画的是淡蓝色的野藤花，有很多小蜜蜂，有颇长的题记，说这是他家的野藤，花时游蜂无数，他有个孙子曾被蜂螫，现在这个孙子也能画这种藤花了，最后两句我一直记得很清楚：“静思往事，如在目底。”这段题记是用金冬心体写的，字画皆极娟好。“静思往事，如在目底”，我觉得这是最好的创作心理状态。就是下笔的时候，也最好心里很平静，如白石老人题画所说：“心闲气静时一挥。”

我是个比较恬淡平和的人，但有时也不免浮躁，最近就有点如我家乡话所说“心里长草”。我希望政通人和，使大家能安安静静坐下来，想一点事，读一点书，写一点文章。

一九八九年八月十六日

我是怎样和戏曲结缘的

有一位老朋友，三十多年不见，知道我在京剧院工作，很诧异，说:“你本来是写小说的，而且是有点‘洋’的，怎么会写起京剧来呢？”我来不及和他详细解释，只是说:“这并不矛盾。”

我们家乡是个小县城，没有什么娱乐。除了过节，到亲戚家参加婚丧庆吊，便是看戏。小时候，只要听见哪里锣鼓响，总要钻进去看一会儿。

我看过戏的地方很多，给我留下较深的印象的，是两处。

一处是螺蛳坝。坝下有一片空场子。刨出一些深坑，植上粗大的杉篙，铺了木板，上面盖一个席顶，这便是戏台。坝前有几家人家，织芦席的，开茶炉的……门外都有相当宽绰的瓦棚。这些瓦棚里的地面用木板垫高了，摆上长凳，这便是“座”。——不就座的就都站在空地上仰着头看。有一年请来一个比较整齐的戏班子。戏台上点了好几盏雪亮的汽灯，灯光下只见那些簇新的行头，五颜六色，金光闪闪，煞是好看。除了《赵颜借寿》、《八百八年》等开锣吉祥戏，正戏都唱了些什么，我已经模糊了。印象较真切的，是一出《小放牛》，一出《白水滩》。我喜欢《小放牛》的村姑的一身装束，唱词我也大部分能听懂。像“我用手一指，东指西指，南指北指，杨柳树上挂着一个大招牌……”“杨柳树上挂着一个大招牌”，到现在我还认为写得很美。这是一幅画，提供了一个春风淡荡的恬静的意境。我常想，我自己的唱词要是能写得像这样，我就满足了。《白水滩》这出戏，我觉得别具一种诗意，有一种凄凉的美。十一郎的扮相很美。我写的《大淖记事》里的十一子，和十一郎是有着某种潜在的联系的。可以说，如果我小时候没有看过《白水滩》，就写不出后来的十一子。这个戏班里唱青面虎的花脸很能摔。他能接连摔好多个“踝子”。每摔一个，台下叫好。他就跳起来摘一个“红封”揣进怀里。——台上横拉了一根铁丝，铁丝上挂了好些包着红纸的“封子”，内装铜钱或银角子。凡演员得一个“好”，就可以跳起来摘一封。另外还有一出，是《九更天》。演《九更天》那天，开戏前即将钉板竖在台口，还要由一个演员把一只活鸡拽（zhuāi）在钉板上，以示铁钉的锋利。那是很恐怖的。但我对这出戏兴趣不大，一个老头儿，光着上身，抱了一只钉板在台上滚来滚去，实在说不上美感。但是台下可“炸了窝”了！

另一处是泰山庙。泰山庙供着东岳大帝。这东岳大帝不是别人，是《封神榜》里的黄霓。东岳大帝坐北朝南，大殿前有一片很大的砖坪，迎面是一个戏台。戏台很高，台下可以走人。每逢东岳大帝的生日，——我记不清是几月了，泰山庙都要唱戏。约的班子大都是里下河的草台班子，没有名角，行头也很旧。旦角的水袖上常染着洋红水的点子——这是演《杀子报》时的“彩”溅上去的。这些戏班，没有什么准纲准词，常常由演员在台上随意瞎扯。许多戏里都无缘无故出来一个老头，一个老太太，念几句数板，而且总是那几句：

人老了，人老了，
人老先从哪块老？
人老先从头上老：
白头发多，黑头发少。
人老了，人老了，
人老先从哪块老？
人老先从牙齿老：
吃不动的多，吃得动的少。
…………

他们的京白、韵白都带有很重的里下河口音，而且很多戏里都要跑鸡毛报：两个差人，背了公文卷宗，在台上没完没了地乱跑一气。里下河的草台班子受徽戏影响很大，他们常唱《扫松下书》。这是一出冷戏，一到张广才出来，台下观众就都到一边喝豆腐脑去了。他们又受了海派戏的影响，什么戏都可以来一段“五音联弹”——“催战马，来到沙场，尊声壮士把名扬……”他们每一“期”都要唱几场《杀子报》。唱《杀子报》的那天，看戏是要加钱的，因为戏里的闻（文？）太师要勾金脸。有人是专为看那张金脸才去的。演闻太师的花脸很高大，嗓音也响。他姓颜，观众就叫他颜大花脸。我有一天看见他在后台栏杆后面，勾着脸——那天他勾的是包公，向台下水锅的方向，大声喊叫：“××！打洗脸水！”从他的洪亮的嗓音里，我感觉到草台班子演员的辛酸和满腹不平之气。我一生也忘记不了。

我的大伯父有一架保存得很好的留声机，——我们那里叫做“洋戏”，还有一柜子同样保存得很好的唱片。他有时要拿出来听听，——大都是阴天下雨的时候。我一听见留声机响了，就悄悄地走进他的屋里，聚精会神地坐着听。他的唱片里最使我感动的是程砚秋的《金锁记》和杨小楼的《林冲夜奔》。几声小镲，“啊哈！数尽更筹，听残银漏……”杨小楼的高亢脆亮的嗓子，使我感到一种异样的悲凉。

我父亲是个多才多艺的人，他会画画，会刻图章，还会弄乐器。他年轻时曾花了一笔钱到苏州买了好些乐器，除了笙箫管笛、琵琶月琴，连唢呐海笛都有，还有一把拉梆子戏的胡琴。他后来别的乐器都不大玩了，只是拉胡琴。他拉胡琴是“留学生”——跟着留声机唱片拉。他拉，我就跟着学唱。我学会了《坐宫》、《起解·玉堂春》、《汾河湾》、《霸王别姬》……我是唱青衣的，年轻时嗓子很好。

初中，高中，一直到大学一年级时，都唱。西南联大的同学里有一些“票友”，有几位唱得很不错的。我们有时在宿舍里拉胡琴唱戏，有一位广东同学，姓郑，一听见我唱，就骂：“丢那妈！猫叫！”

大学二年级以后，我的兴趣转向唱昆曲。在陶重华等先生的倡导下，云南大学成立了一个曲社，参加的都是云大和联大中文系的同学。我们于是“拍”开了曲子。教唱的主要是陶先生，吹笛的是云大历史系的张中和先生。从《琵琶记·南浦》、《拜月记·走雨》开蒙，陆续学会了《游园·惊梦》、《拾画·叫画》、《哭像》、《闻铃》、《扫花》、《三醉》、《思凡》、《折柳·阳关》、《瑶台》、《花报》……大都是生旦戏。偶尔也学两出老生花脸戏，如《弹词》、《山门》、《夜奔》……在曲社的基础上，还时常举行“同期”。参加“同期”的除同学外，还有校内校外的老师、前辈。常与“同期”的，有陶光（重华）。他是唱

“冠生”的，《哭像》、《闻铃》均极佳，《三醉》曾受红豆馆主亲传，唱来尤其慷慨淋漓；植物分类学专家吴征镒，他唱老生，实大声宏，能把《弹词》的“九转”一气唱到底，还爱唱《疯僧扫秦》；张中和和他的夫人孙凤竹常唱《折柳·阳关》，极其细腻；生物系的教授崔芝兰（女），她似乎每次都唱《西楼记》；哲学系教授沈有鼎，常唱《拾画》，咬字讲究，有些过分；数学系教授许宝騄，我的《刺虎》就是他亲授的；我们的系主任罗莘田先生有时也来唱两段；此外，还有当时任航空公司经理的查阜西先生，他兴趣不在唱，而在研究乐律，常带了他自制的十二平均律的钢管笛子来为人伴奏；还有一位世事洞明、人情练达、童心犹在、风趣非常的老人许茹香，每“期”必到。许家是昆曲世家，他能戏极多，而且“能打各省乡谈”，苏州话、扬州话、绍兴话都说得很好。他唱的都是别人不唱的戏，如《花判》、《下山》。他甚至能唱《绣襦记》的《教歌》。还有一位衣履整洁的先生，我忘记他的姓名了。他爱唱《山门》。他是个聋子，唱起来随时跑调，但是张中和先生的笛子居然能随着他一起“跑”！

参加了曲社，我除学了几出昆曲，还酷爱上了吹笛，——我原来就会吹一点。我常在月白风清之夜，坐在联大“昆中北院”的一棵大槐树暴出地面的老树根上，独自吹笛，直至半夜。同学里有人说：“这家伙是个疯子！”

抗战胜利后，联大分校北迁，大家各奔前程，曲社“同期”也就风流云散了。

一九四九年以后，我就很少唱戏，也很少吹笛子了。

我写京剧，纯属偶然。我在北京市文联当了几年编辑，心里可一直想写东西。那时写东西必须“反映现实”，实际上是“写政策”，必须“下去”，才有东西可写。我整天看稿、编稿，下不去，也就写不成，不免苦闷。那年正好是纪念世界名人吴敬梓，王亚平同志跟我说：“你下不去，就从《儒林外史》里找一个题材编一个戏吧！”我听从了他的建议，就改了一出《范进中举》。这个剧本在文化局戏剧科的抽屉里压了很长时间，后来是王昆仑同志发现，介绍给奚啸伯演出了。这个戏还在北京市戏曲会演中得了剧本一等奖。

我当了右派，下放劳动，就是凭我写过一个京剧剧本，经朋友活动，而调到北京京剧院里来的。一晃，已经二十几年了。人的遭遇，常常是不以自己的意志为转移的。

我参加戏曲工作，是有想法的。在一次齐燕铭同志主持的座谈会上，我曾经说：“我搞京剧，是想来和京剧闹一阵别扭的。”简单地说，我想把京剧变成“新文学”。更直截了当地说：我想把现代思想和某些现代派的表现手法引进到京剧里来。我认为中国的戏曲本来就和西方的现代派有某些相通之处。主要是戏剧观。我认为中国戏曲的戏剧观和布莱希特以后的各流派的戏剧观比较接近。戏就是戏，不是生活。中国的古代戏曲有一些西方现代派的手法（比如《南天门》、《乾坤福寿镜》、《打棍出箱》、《一匹布》……），只是发挥得不够充分。我就是想让它得到更多的发挥。我的《范进中举》的最后一场就运用了一点心理分析。我刻画了范进发疯后的心理状态，从他小时读书、逃学、应考、不中、被奚落，直到中举，做了主考，考别人：“我这个主考最公道，订下章程有一条：年未满五十，一概都不要，本道不取嘴上无毛！……”我想把传统和革新统一起来，或者照现在流行的话说：

在传统与革新之间保持一种张力。

我说了这一番话，可以回答我在本文一开头提到的那位阔别三十多年的老朋友的疑问。

我写京剧，也写小说。或问：你写戏，对写小说有好处吗？我觉得至少有两点。

一是想好了再写。写戏，得有个总体构思，要想好全剧，想好各场。各场人物的上下场，各场的唱念安排。我写唱词，即使一段长到二十句，我也是每一句都想得能够成诵，才下笔的。这样，这一段唱词才是“整”的，有层次，有起伏，有跌宕，浑然一体，我不习惯于想一句写一句。这样的习惯也影响到我写小说。我写小说也是全篇、各段都想好，腹稿已具，几乎能够背出，然后凝神定气，一气呵成。

前几天，有几位从湖南来的很有才华的青年作家来访问我，他们指出一个问题：“您的小说有一种音乐感，您是否对音乐很有修养？”我说我对音乐的修养一般。如说我的小说有一点音乐感，那可能和我喜欢画两笔国画有关。他们看了我的几幅国画，说：“中国画讲究气韵生动，计白当黑，这和‘音乐感’是有关系的。”他们走后，我想：我的小说有“音乐感”么？——我不知道。如果说有，除了我会抹几笔国画，大概和我会唱几句京剧、昆曲，并且写过几个京剧剧本有点关系。有一位评论家曾指出我的小说的语言受了民歌和戏曲的影响，他说得有几分道理。

一九八五年五月二十二日

川　剧

有一位影剧人才说过话："你要知道一个人的欣赏水平高低，只要问他喜欢川剧还是喜欢越剧。"有一次我在青羊艺术剧院看川剧，台上正在演《做文章》，池座的薄暗光线中悄悄进来两个人，一看，是陈老总和贺老总。那是夏天，老哥儿俩都穿了纺绸衬衫，一人手里一把芭蕉扇。坐定之后，陈老总一看邻座是范瑞娟，就大声说："范瑞娟，你看我们的川剧团怎么样啊？"范瑞娟小声说："好！"这二位老帅看来是以家乡戏自豪的——虽然贺老总不是四川人。

川剧文学性高，像"月明如水浸楼台"这样的唱词在别的戏种里是找不出来的。

川剧有些戏很美，比如《秋江》、《踏伞》。

有些戏悲剧性强，感情强烈。如《方裴》、《刁窗》、《打神告庙》。《马踏箭射》写女人的嫉妒令人震颤。我看过阳友鹤和曾荣华的《铁笼山》，戏剧冲突如此强烈，我当时觉得这是莎士比亚！

川剧喜剧多，而且品味极高，是真正的喜剧。像《评雪辨踪》这样带抒情性的喜剧，我在别的剧种里还没有见过。别的剧种移植这出戏就失去了原来的诗意。同样，改编的《秋江》也只保存了身段动作，诗意少了。川剧喜剧的诗意跟语言密不可分。四川话是中国最生动的方言之一。比如《秋江》的对话：

陈　姑：嗳！

艄　翁：那么高了，还矮呀！

陈　姑：唉！

艄　翁：飞远了，按不到了！

不懂四川话就体会不到妙处。

川丑都有书卷气。李文杰告诉我，进科班学丑，先得学三年小生。这是非常有道理的。川丑不像京剧小丑那样粗俗，如北京人所说"胳肢人"或上海人所说的"硬滑稽"，往往是闲中作色，轻轻一笔，使人越想越觉得好笑。比如《拉郎配》的太监对地方官宣读圣旨之后，说："你们各自回衙理公事。"他以为这是在他的府第里，完全忘了这是人家的衙门。老公的颟顸糊涂真令人忍俊不禁。川剧许多丑戏并不热闹，倒是"冷淡清灵"的。像《做文章》这样的戏，京剧的丑角是没法演的。《文武打》，京剧丑角会以为这不叫个戏。

川剧有些手法非常奇特，非常新鲜。《梵王宫》耶律含嫣和花云一见钟情，久久注视，目不稍瞬，耶律含嫣的妹妹（？）把他们两个人的视线拉在一起，拴了个扣儿，还用手指在这根"线"上嘣嘣嘣弹三下。这位小妹捏着这根"线"向前推一推，耶律含嫣和花云的身子就随着前倾，把"线"向后扽一扽，两人就朝后仰。这根"线"如此结实，实是奇绝！耶律含嫣坐车，她觉得推车的是花云，回头一看，不是！是个老头子，上唇有一撮黑胡子。等她扭过头，是花云！车夫是演花云的同一演员扮的。这撮小胡子可以一会出现，一会消失（胡子消失是演员含进嘴里了）。用这样的方法表现耶律含嫣爱花云爱得精神恍惚，瞧谁都像花云。耶律含嫣的心理状态不通过旦角的唱念来表现，却通过车夫的小胡子变化来表现，化抽象为具象，这种手法，除了川剧，我还没有见过，而且绝对想不出来。想出这种手法的，能不说他是个天才么？

有人说中国戏曲比较接近布莱希特体系，主要指中国戏曲的“间离效果”。我觉得真正有意识的运用“间离效果”的是川剧。川剧不要求观众完全“入戏”，保持清醒，和剧情保持距离。川剧的帮腔在制造“间离效果”上起了很大作用。帮腔者常常是置身局外的旁观者。我曾在重庆看过一出戏（剧名已忘），两个奸臣在台上对骂，一个说：“你混蛋！”另一个说：“你混蛋！”帮腔的高声唱道：“你两个都混蛋喏……”他把观众对两人的评论唱出来了！

一九九二年四月六日

名优逸事

萧长华

萧先生八十多岁时身体还很好。腿脚利落，腰板不塌。他的长寿之道有三：饮食清淡，经常步行，问心无愧。

萧先生从不坐车。上哪儿去，都是地下走。早年在宫里“当差”，上颐和园去唱戏，也都是走着去，走着回来，从城里到颐和园，少说也有三十里。北京人说：走为百练之祖，是一点不错的。

萧老自奉甚薄。他到天津去演戏，自备伙食。一棵白菜，两刀切四爿，一顿吃四分之一。餐餐如此：窝头，熬白菜。他上女婿家去看女儿，问：“今儿吃什么呀？”——“芝麻酱拌面，炸点花椒油。”“芝麻酱拌面，还浇花椒油呀？！”

萧先生偶尔吃一顿好的：包饺子。他吃饺子还不蘸醋。四十个饺子，装在一个盘子里，浇一点醋，忒儿喽忒儿喽，就给“开”了。

萧先生不是不懂得吃。有人看见，在酒席上，清汤鱼翅上来了，他照样扁着筷子夹了一大块往嘴里送。

懂得吃而不吃，这是真的节俭。

萧先生一辈子挣的钱不少，都为别人花了。他买了几处“义地”，是专为死后没有葬身之所的穷苦的同行预备的。有唱戏的“苦哈哈”，死了老人，办不了事，到萧先生那儿，磕一个头报丧，萧先生问：“你估摸着，大概其得多少钱，才能把事办了哇？”一面就开箱子取钱。

“三反”、“五反”的时候，一个演员被打成了“老虎”，在台上挨斗，斗到热火燎辣的时候，萧先生在台下喊：“××，你承认得了，这钱，我给你拿！”

赞曰：

窝头白菜，寡欲步行，

问心无愧，人间寿星。

姜妙香

姜先生真是温柔敦厚到了家了。

他的学生上他家去，他总是站起来，双手当胸捏着扇子，微微躬着身子：“您来啦！”临走时，一定送出大门。

他从不生气。有一回陪梅兰芳唱《奇双会》，他的赵宠。穿好了靴子，总觉得不大得劲。“唔，今儿是怎样搞的，怎么总觉得一脚高一脚低的？我的腿有毛病啦？”伸出脚来看看，两只靴子的厚底一只厚二寸，一只二寸二。他的跟包叫申四。他把申四叫过来：“老四哎，咱们今儿的靴子拿错了吧？”你猜申四说什么？——“你凑合着穿吧！”

姜先生从不争戏。向来梅先生演《奇双会》，都是他的赵宠。偶尔俞振飞也陪梅先生唱，赵宠就是俞的。管事的说:“姜先生，您来个保童。”——“哎好好好。”有时叶盛兰也陪梅先生唱。“姜先生，您来个保童。”——“哎好好好。”

姜先生有一次遇见了劫道的，就是琉璃厂西边北柳巷那儿。那是敌伪的时候。姜先生拿了“戏份儿”回家。那会唱戏都是当天开份儿。戏打住了，管事的就把份儿分好了。姜先生这天赶了两“包”，华乐和长安。冬天，他坐在洋车里，前面挂着棉布帘。“站住！把身上的钱都拿出来！”——他也不知道里面是谁。姜先生不慌不忙地下了车，从左边口袋里掏出一沓（钞票），从右边又掏出了一沓。“这是我今儿的戏份儿。这是华乐的，这是长安的。都在这儿，一个不少。您点点。”

那位不知点了没有。想来大概是没有。

在上海也遇见过那么一回。“站住，把身浪厢值钿（钱）格物事（东西）才（都）拿出来！”此公把姜先生身上搜刮一空，扬长而去。姜先生在后面喊:

“回来，回来！我这还有一块表哪，您要不要？”

事后，熟人问姜先生:“您真是！他走都走了，您干吗还叫他回来？他把您什么都抄走了，您还问‘我这还有一块表哪，您要不要？’”

姜妙香答道:“他也不容易。”

姜先生有一次似乎是生气了。“文化大革命”，红卫兵上姜先生家去抄家，抄出一双尖头皮鞋，当场把鞋尖给他剁了。姜先生把这双剁了尖、张着大嘴的鞋放在一个显眼的地方。有人来的时候，就指指，摇头。

赞曰：

温柔敦厚，有何不好？
“文革”英雄，愧对此老。

贯盛吉

在京剧丑角里，贯盛吉的格调是比较高的。他的表演，自成一格，人称“贯派”。他的念白很特别，每一句话都是高起低收，好像一个孩子在被逼着去做他不情愿做的事情时的嘟囔。他是个“冷面小丑”，北京人所谓“绷着脸逗”。他并不存心逗人乐。他的“哏”是淡淡的，不是北京人所谓“胳肢人”，上海人所谓“硬滑稽”。他的笑料，在使人哄然一笑之后，还能想想，还能回味。有人问他：“你怎么这么逗呀？”他说：“我没有逗呀，我说的都是实话。”“说实话”是丑角艺术的不二法门。说实话而使人笑，才是一个真正的丑角。喜剧的灵魂，是生活，是真实。

不但在台上，在生活里，贯盛吉也是那么逗。临死了，还逗。

他死的时候，才四十岁，太可惜了。

他死于心脏病，病了很长时间。

家里人知道他的病不治了，已经为他准备了后事，买了“装裹”——即寿衣。他有一天叫家里人给他穿戴起来。都穿齐全了，说：“给我拿个镜子来。”

他照照镜子：“唔，就这德行呀！”

有一天，他让家里给他请一台和尚，在他的面前给他放一台焰口。

他跟朋友说："活着，听焰口，有谁这么干过没有？——没有。"

有一天，他很不好了，家里忙着，怕他今天过不去。他瓮声瓮气地说："你们别忙。今儿我不走。今儿外面下雨，我没有伞。"

一个人能够病危的时候还能保持生气盎然的幽默感，能够拿死来"开逗"，真是不容易。这是一个真正的丑角，一生一世都是丑角。

赞曰：

拿死开逗，滑稽之雄。

虽东方朔，无此优容。

郝寿臣

郝老受聘为北京市戏校校长。就职的那天，对学生讲话，他拿着秘书替他写好的稿子，讲了一气。讲到要知道旧社会的苦，才知道新社会的甜。旧社会的梨园行，不养小，不养老。多少艺人，唱了一辈子戏，临了是倒卧街头，冻饿而死。说到这里，郝校长非常激动，一手高举讲稿，一手指着讲稿，说：

"同学们！他说得真对呀！"

这件事，大家都当笑话传。细想一下，这有什么可笑呢？本来嘛，讲稿是秘书捉刀，这是明摆着的事。自己戳穿，有什么丢人？倒是"他说得真对呀"，才真是本人说出的一句实话。这没有什么可笑。

这正是前辈的不可及处：老老实实，不装门面。

许多大干部作大报告，在台上手舞足蹈，口若悬河，其实都应该学学郝老，在适当的时候，用手指指秘书所拟讲稿，说：

“同学们！他说得真对呀！”

赞曰：

人为立言，己不居功。
老老实实，古道可风。

载一九八一年第三期《文化月刊》

难得最是得从容

——《裘盛戎影集》前言

千秋一净裘盛戎，
遗像宛然沐清风。
虎啸龙吟余事耳，
难能最是得从容。

裘盛戎幼年失学，文化不高，但是对艺术有特殊的秉赋。他的艺术感极好，对剧情、人物理解极深，反应极快，而且表现得非常准确。导演有什么要求，一点就破，和编剧、导演很默契。导过他的戏的导演都说：给盛戎导戏，很省事，不用“阐述”、“启发”这一套，几句话就行了。

《杜鹃山》（老本）有一场“打长工”，雷刚认为长工和地主是一回事，把长工打了，事后看到长工身上的伤痕，非常后悔。有这样两句唱：

他遍体伤痕都是豪绅罪证，
我怎能在他的旧伤痕上再加新伤痕！

唱腔是流水。练唱的时候我在旁边，说:“老兄，你不能就这样‘数’过去，得有个过程，得真看到伤痕，心里悔恨。”盛戎想了想说:“我再来来。”其实也很简单，他把“旧伤痕上”唱“散了”，加了一个单音的弹拨乐小垫头，然后再回到原尺寸。这样，眼里、心里就都充满仇恨。在场听唱的，齐声说:“好！就是这样！”《杜鹃山》有一稿有一场“烤番薯”。“毒蛇胆”在山下杀人放火，残害乡亲，雷刚受军纪约束，一时不能下山拯救百姓，心如火焚，按捺不住。山上断粮，只能每人发一个番薯当饭。番薯在火里烤出了香味，勾起雷刚想起乡亲们多年对他的好处:

一块番薯掰两半，

曾受深恩三十年……

盛戎把两句压低了音量，唱得很“虚”，表现出雷刚对乡亲们的思念，既深且远。

盛戎善于运用音色、体形的变化塑造不同的人物。他演的铫期端肃威重，俨然是一位坐镇一方的开国老臣，一位王爷。他演的周处(《除三害》)，把开氅往肩上一搭，倚里歪斜地就下了场了，完全是一个痞子，一个天桥耍胳臂的“杂不地”。——这种不从程式而从生活出发塑造人物的方法在花脸里很少见。

盛戎的身体条件不太好，不像“十全大面”金少山那样的魁梧。他比较瘦，但是也有他的优越条件：肩宽，腰细，扮戏很“受装。”他扮出来的《盗御马》的窦尔墩，箭衣板平。这样的箭衣装当得起北京人爱说的一个字：帅。裘派装是很讲究的。盛戎有一件平金白蟒，全用金线，绣的是一条整龙。这件一条龙的平金绣蟒真是美极了，——当然也得看是什么人穿。

盛戎的脸比较瘦削，勾出脸来不易好看，但是他能弥补自己的缺陷。他一般不演曹操，因为曹操的盔头压得低，更显得演员脸小。盛戎勾脸的特点是干净、细致，每一笔都有起落，有交代。铫期的眉子是略有深浅的，不是简单两个圆形的黑点子。包拯两颊揉红，恰到好处，不像有些唱花脸的演员把脸画成了两个大海茄子。即便是窦尔敦的花三块瓦，也是清清楚楚，一笔是一笔，不让人有“乱七八糟”之感。他弥补脸形的诀窍是以神带形，首先要表现出人物的品格气质，这样本来是一般化的脸谱就有了不一般的表情。他演的铫期，透过眼窝还能充分表现出眼神，并且眼神的内涵很丰富。

盛戎的戏也有节奏较快的，如《盗御马》，但是快而不乱。一般人物都演得很从容，不火暴，不论是什么性格，都有一种发自于中的儒雅，即一般常说的“书卷气”。这就提高了人物品格，增加了人物的深度。花脸而有书卷气，此裘派之所以为裘派，这是寻常花脸所达不到的。

盛戎不大爱活动。他常出来遛个小弯，从西河沿到虎坊桥，脚步较慢，不慌不忙，潇潇洒洒，比许多知识分子更像知识分子，——盛戎曾自嘲，说他是个没有文化的文化人，一个没有知识的高级知识分子。到虎坊桥练功厅略坐一坐，找人聊聊天，功夫不大，就遛达回去了。他的家居生活也比较清简，他不喜欢高朋满座，吵嚷喧哗。偶尔在家请几个熟朋友，菜不过数道，但做得很讲究。有一次请唐在炘、熊承旭和我吃饭，有一盘香菜炒鸡丝。香菜是特供的，香菜肥而极嫩。有一次在鸿宾楼请我吃涮肉，涮的不是羊肉，而是鸿宾楼特为给留下的一块极嫩的牛肉。不要乱七八糟的佐料，只是一碟酱油，切几个蒜片。盛戎这种饮食口味，淡而能浓，存本味，得清香，和他对艺术的赏鉴是相关的。

除了看看报，给儿子拉胡琴吊嗓子，教徒弟，作身段示范，大部分时间盘膝坐在床上一个人捉摸戏。晚年特别重视气口。他说:“花脸一句唱得用多少气？年轻时全凭火力壮，现在上了岁数，得在气口上下功夫。”他精研气口，深有心得。比如《智取威虎山》李勇奇唱的“扫平那威虎山我一马当先”，一般花脸都唱成“一马——当先”，盛戎说，叫我，我唱成这样:“我一马当——先”，“当”字唱在上面，和“一马当”一口气，然后换气，再单独唱“先”，这样“先”字气才显足。他很欣赏《智取威虎山》里“同志们语重心长”的“长”字唱断，不拖泥带水。他是唱花脸的，但对程派兴趣很大，认为花脸运腔，可以参考。

盛戎在台上，在平常生活里，都从容不迫，他走得可是过于匆匆了。他去世时才五十六岁，活到今天，也只是八十岁，本来可以留下更多的东西，现在只搜集到不多的图片，可供后人凝眸怀想，是可悲也。

一九九五年九月二日

艺术和人品

方荣翔称得起是裘派传人。荣翔八岁学艺，后专攻花脸，最后归宗学裘。当面请益，台下看戏、听唱片、听录音、潜心揣摩，数十年如一日，未曾间断。呜呼，可谓勤矣。荣翔的生理条件和盛戎很接近，音色尤其相似。盛戎鼻腔共鸣好，荣翔的鼻腔共鸣也好。因此荣翔学裘有先天的优势。过去唱花脸，都以"气大声洪"取胜，一响遮百丑。唱花脸而有意识地讲究韵味，首自盛戎始。盛戎演戏，能体会人物的身份、性格，所处的环境，人物关系，运用音色的变化，控制音量的大小，表现人物比较内在的感情，不是在台上一味地嚷，瞎咋呼。荣翔学裘，得其神似。

两年前，中央人民广播电台录了几段唱腔，准备集中播放，征求荣翔意见，让谁来做唱腔介绍合适，荣翔提出让我来担任。我听了几遍录音，对荣翔学裘不仅得其声，而且得其意，稍有感受。比如《探皇陵》，本是一出于史无征的戏，而且文句不通。有些地方简直不知所云。但是京剧演员往往能唱出剧本词句所不曾提供的人物感情。荣翔的《探皇陵》唱得很苍凉，唱出了一个白发老臣的一腔正义。这段唱腔有一句高腔，"见皇陵不由臣珠泪交流"，荣翔唱得很"足"，表现出一个肱股老臣在国家垂危时的激动。这种激动不是唱词里写出来的，而是演员唱出来的，是文外之情。又如《铫期》。裘盛戎演《铫期》能从总体上把握人物，把握主题，不是就字面上枝枝节节地处理唱腔、唱法。他的唱腔具有很大的暗示性，唱出了比唱词字面丰富得多的内容。荣翔也能这样。“马杜岑奉王命把草桥来镇，调老夫回朝转侍奉当今。”这本来只是两句叙述性的唱词，本身不带感情色彩。但是铫期深知奉调回朝，是一件非同小可的事。回京后将会发生什么事，无从预料，因此这两句散板听起来就有点隐隐约约的不安，有一种暗自沉吟的意味。这两句平平常常的唱词就不只是叙述一件事，而是铫期心情的流露了。“马王爷赐某的饯行酒”四句流水唱得极其流畅，显得铫期归心似箭，行色匆匆。《铡美案》的唱腔处理是合情合理的。“包龙图打坐在开封府”，荣翔把这句倒板唱得很舒展。下面的原板也唱得平和婉转。包拯一开头对陈世美是劝告，不是训斥，而且和一个当朝驸马叙话，也不宜疾言厉色，盛气凌人。这样才不悖两个人的身份。何况剧情还要发展——升堂、开铡，高潮迭起。如果这一段唱得太猛，不留余地，后面的唱就再也上不去了。《将相和》戏剧冲突强烈，这出戏可以演得火爆，但是盛戎却把它往“文”里演，这是有道理的。廉颇虽然热情刚烈，但毕竟是一员大将，而且年岁也大了，不能像小伙子似的血气方刚。蔺相如封官，廉颇不服，一个人在家里自言自语地叨念，但不是暴跳如雷，骂大街。荣翔是全照盛戎的方法演的。这场戏的写法是唱念交错，大段二黄唱段的每一小段后，有一段相当长的夹白，这在花脸戏中是不多见的。盛戎把夹白念得很轻（盛戎念白在不是关键的地方往往念得很轻），荣翔也是如此。荣翔的念白，除了“难逞英雄也”的音用了较大的胸腔共鸣，其余的地方简直像说话。这样念，比较生活化，也像一个老人的口吻。唱，在音色运用、口度、共鸣上和念白不同。这样，唱和念既有对比，又互相衔接，有浓有淡，有柔有刚。盛戎教荣翔《刺王僚》，总是说要“提溜”着唱。所谓“提溜”就是提着气，气一直不塌，出字稍高，多用上滑音。荣翔《刺王僚》唱得有摇曳感，因为这是王僚说梦，同时又有点恍恍惚惚，显得王僚心情不安。京剧能表现出人物的精神状态，很难得。

我听荣翔的戏不多，不能对他的演唱作一个全面的美学的描绘，只是就这几段唱腔说一点零碎的印象。其中一定有些外行话，愿与荣翔的爱好者商讨。

荣翔个头不高，但是穿了厚底，系上胖袄，穿上蟒或扎上靠，显得很威重，像盛戎一样，这是因为他们能掌握人物的气质，其高大在神而不在形。

荣翔文武戏都擅长，唱铜锤，也能唱架子，戏路很宽，这一点也与乃师相似。

在戏曲界，荣翔是一位极其难得的恂恂君子。他幼年失学，但是有很高的文化素养。他在人前话不多，说话声音也较小。我从来没有听他在背后说挖苦同行的损话，也从来没有说过粗鄙的甚至下流的笑话。甚至他的坐态都显得很谦恭，收拢两腿，坐得很端正，没有翘着二郎腿，高谈阔论，旁视无人的时候。他没有梨园行的不好的习气，没有“角儿”气。他不争牌位，不争戏码前后，不计较待遇。戏曲界对钱财上看得比较淡，如方荣翔者，我还没有见过第二人。“四人帮”时期，曾批判“克己复礼”。其实克己复礼并没有什么不好。荣翔正是做到这一点。荣翔艺品高，和他的人品高，是有关系的。

荣翔和老师的关系是使人感动的。盛戎生前，他随时照顾，执礼甚恭。盛戎生病，随侍在侧。盛戎病危时，我到医院去看他，荣翔引我到盛戎病床前。这时盛戎已经昏迷，荣翔轻轻叫他："先生，有人看您。"盛戎睁开眼，荣翔问他："您还认得吗？"盛戎在枕上微微点头，说了一个字："汪。"随即流下一滴眼泪。我知道他为什么流泪。我们曾经有约，等他病好，再一次合作，重排《杜鹃山》。现在，他知道不可能了。我在盛戎病床前站了一会儿，告辞退出，荣翔随我出来。我看看荣翔，真是"哀毁骨立"，瘦了一圈，他大概已经几夜没有睡了。

盛戎去世后，荣翔每到北京，必要到裘家去。他对师娘、师弟、师妹一直照顾得很周到。荣翔在香港演出时，还特地写信给自己的孩子，让他在某一天寄一笔钱到裘家去，那一天是盛戎的生日。

荣翔不幸早逝，使我们不但失去一位才华未尽的表演艺术家，也失去一位堪供后生学习的道德的模范，是可痛也。

一九八九年十二月二十五日

听遛鸟人谈戏

近来我每天早晨绕着玉渊潭遛一圈。遛完了，常找一个地方坐下听人聊天。这可以增长知识，了解生活。还有些人不聊天。钓鱼的、练气功的，都不说话。游泳的闹闹嚷嚷，听不见他们嚷什么。读外语的学生，读日语的、英语的、俄语的，都不说话，专心致志把莎士比亚和屠格涅夫印进他们的大脑皮层里去。

比较爱聊天的是那些遛鸟的。他们聊的多是关于鸟的事，但常常联系到戏。遛鸟与听戏，性质上本相接近。他们之中不少是既爱养鸟，也爱听戏，或曾经也爱听戏的。遛鸟的起得早，遛鸟的地方常常也是演员喊嗓子的地方，故他们往往有当演员的朋友，知道不少梨园掌故。有的自己就能唱两口。有一个遛鸟的，大家都叫他“老包”，他其实不姓包，因为他把鸟笼一挂，自己就唱开了：“包龙图打坐在开封府……”就这一句。唱完了，自己听着不好，摇摇头，接茬再唱：“包龙图打坐……”

因为常听他们聊，我多少知道一点关于鸟的常识。知道画眉的眉子齐不齐，身材胖瘦，头大头小，是不是“原毛”，有“口”没有，能叫什么玩意儿：伏天、喜鹊——大喜鹊、山喜鹊、苇咋子、猫、家雀打架、鸡下蛋……知道画眉的行市，哪只鸟值多少“张”。——“张”，是一张拾圆的钞票。他们的行话不说几十块钱，而说多少张。有一个七十八岁的老头，原先本是勤行，他的一只画眉，人称鸟王。有人问他出不出手，要多少钱，他说：“二百。”遛鸟的都说：“值！”

我有些奇怪了，忍不住问：“一只鸟值多少钱，是不是公认的？你们都瞧得出来？”

几个人同时叫起来：“那是！老头的值二百，那只生鸟值七块。梅兰芳唱戏卖两块四，戏校的学生现在卖三毛。老包，倒找我两块钱！那能错了？”

“全北京一共有多少画眉？能统计出来么？”

“横是不少！”

“‘文化大革命’那阵没有了吧？”

“那会儿谁还养鸟哇！不过，这玩意禁不了。就跟那京剧里的老戏似的，‘四人帮’压着不让唱，压得住吗？一开了禁，你瞧，呼啦，呼啦——全出来了。不管是谁，禁不了老戏，也就禁不了养鸟。我把话说在这儿：多会有画眉，多会他就得唱老戏！报上说京剧有什么危机，瞎掰的事！”

这位对画眉和京剧的前途都非常乐观。

一个六十多岁的退休银行职员说：“养画眉的历史大概和京剧的历史差不多长，有四大徽班那会就有画眉。”

他这个考证可不大对。画眉的历史可要比京剧长得多，宋徽宗就画过画眉。

“养鸟有什么好处呢？”我问。

“嗐，遛人！”七十八岁的老厨师说：“没有个鸟，有时早上一醒，觉得还困，就懒得起了；有个鸟，多困也得起！”

“这是个乐儿！”一个还不到五十岁的扁平脸、双眼皮很深、络腮胡子的工人——他穿着厂里的工作服，说。

“是个乐儿！钓鱼的、游泳的，都是个乐儿！”说话的是退休银行职员。

“一个画眉，不就是叫么？怎么会有那么大的差别？”

一个戴白边眼镜的穿着没有领子的酱色衬衫的中等老头儿，他老给他的四只画眉洗澡——把鸟笼放在浅水里让画眉抖擞毛羽，说：

“叫跟叫不一样！跟唱戏一样，有的嗓子宽，有的窄，有的有膛音，有的干冲！不但要声音，还得要‘样’，得有‘做派’，有神气。您瞧我这只画眉，叫得多好！像谁？”

像谁？

“像马连良！”

像马连良？！

我细瞧一下，还真有点像！它周身干净利索，挺拔精神，叫的时候略偏一点身子，还微微摇动脑袋。

“潇洒！”

我只得承认：潇洒！

不过我立刻不免替京剧演员感到一点悲哀，原来在这些人的心目中，对一个演员的品鉴，就跟对一只画眉一样。

“一只画眉，能叫多少年？”

勤行老师傅说：“十来年没问题！”

老包说:“也就是七八年。就跟唱京剧一样:李万春现在也只能看一招一势,高盛麟也不似当年了。”

他说起有一年听《四郎探母》,甭说四郎、公主,佘太君是李多奎,那嗓子,冲!他慨叹说:

“那样的好角儿,现在没有了!现在的京剧没有人看,——看的人少,那是啊,没有那么多好角儿了嘛!你再有杨小楼,再有梅兰芳,再有金少山,试试!照样满!两块四?四块八也有人看!——我就看!卖了画眉也看!”

他说出了京剧不景气的原因:老成凋谢,后继无人。这与一部分戏曲理论家的意见不谋而合。

戴白边眼镜的中等老头儿不以为然:

“不行!王师傅的鸟值二百(哦,原来老人姓王),可是你叫个外行来听听:听不出好来!就是梅兰芳、杨小楼再活回来,你叫那边那几个念洋话的学生来听听,他也听不出好来。不懂!现而今这年轻人不懂的事太多。他们不懂京剧,那戏园子的座儿就能好了哇?”

好几个人附和:“那是!那是!”

他们以为京剧的危机是不懂京剧的学生造成的。如果现在的学生都像老舍所写的赵子曰,或者都像老包,像这些懂京剧的遛鸟的人,京剧就得救了。这跟一些戏剧理论家的意见也很相似。

然而京剧的老观众,比如这些遛鸟的人,都已经老了,他们大部分已经退休。他们跟我闲聊中最常问的一句话是:“退了没有?”那么,京剧的新观众在哪里呢?

哦,在那里:就是那些念屠格涅夫,念莎士比亚的学生。

也没准儿将来改造京剧的也是他们。

谁知道呢！

载一九八二年第二期《北京文艺》

马·谭·张·裘·赵

——漫谈他们的演唱艺术

马（连良）、谭（富英）、张（君秋）、裘（盛戎）、赵（燕侠），是北京京剧团的“五大头牌”。我从一九六一年底参加北京京剧团工作，和他们有一些接触，但都没有很深的交往。我对京剧始终是个“外行”（京剧界把不是唱戏的都叫做“外行”），看过他们一些戏，但是看看而已，没有做过任何研究。现在所写的，只能是一些片片段段的印象。有些是我所目击的，有些则得之于别人的闲谈，未经核实，未必可靠。好在这不入档案，姑妄言之耳。

马

描述一个演员的表演是几乎不可能的事。马连良是个雅俗共赏的表演艺术家，很多人都爱看马连良的戏。但是马连良好在哪里，谁也说不清楚。一般都说马连良“潇洒”。马连良曾想写一篇文章:《谈潇洒》，不知写成了没有。我觉得这篇文章是很难写的。“潇洒”是什么？很难捉摸。《辞海》“潇洒”条，注云:“洒脱，不拘束”，庶几近之。马连良的“潇洒”，和他在台上极端的松弛是有关系的。马连良天赋条件很好：面形端正，眉目清朗——眼睛不大，而善于表情，身材好——高矮胖瘦合适，体格匀称。他的一双脚，照京剧演员的说法，“长得很顺溜”。京剧演员很注意脚。过去唱老生大都包脚，为的是穿上靴子好看。一双脚腨里咕叽，浑身都不会有精神。他腰腿幼功很好，年轻时唱过《连环套》，唱过《广泰庄》这类的武戏。脚底下干净、清楚。一出台，就给观众一个清爽漂亮的印象，照戏班里的说法：“有人缘儿。”

马连良在做角色准备时是很认真的。一招一式，反复琢磨。他的夫人常说他：“又附了体。”他曾排过一出小型现代戏《年年有余》（与张君秋合演），剧中的老汉是抽旱烟的。他弄了一根旱烟袋，整天在家里摆弄，“找感觉”。到了排练场，把在家里琢磨好的身段步位走出来就是，导演不去再提意见，也提不出意见，因为他的设计都挑不出毛病。所以导演排他的戏很省劲。到了演出时，他更是一点负担都没有。《秦香莲》里秦香莲唱了一大段“琵琶词”，他扮的王延龄坐在上面听，没有什么“事”，本来是很难受的，然而马连良不“空”得慌，他一会捋捋髯口（马连良捋髯口很好看，捋“白满”时用食指和中指轻夹住一绺，缓缓捋到底），一会用眼瞟瞟陈世美，似乎他随时都在戏里，其实他在轻轻给张君秋拍着板！他还有个“毛病”，爱在台上跟同台演员小声地聊天。有一次和李多奎聊起来：“二哥，今儿中午吃了什么？包饺子？什么馅儿的？”害得李多奎到该张嘴时忘了词。马连良演戏，可以说是既在戏里，又在戏外。

既在戏里，又在戏外，这是中国戏曲，尤其是京剧表演的一个特点。京剧演员随时要意识到自己的唱念做打，手眼身法步，没法长时间地“进入角色”。《空城计》表现诸葛亮履险退敌，但是只有在司马懿退兵之后，诸葛亮下了城楼，抹了一把汗，说道：“好险呐！”观众才回想起诸葛亮刚才表面上很镇定，但是内心很紧张，如果要演员一直“进入角色”，又表演出镇定，又表演出紧张，那“我本是卧龙岗散淡的人”的“慢板”和“我正在城楼观山景”的“二六”怎么唱？

有人说中国戏曲注重形式美。有人说只注重形式美，意思是不重视内容。有人说某些演员的表演是“形式主义”，这就不大好听了。马连良就曾被某些戏曲评论家说成是“形式主义”。“形式美”也罢，“形式主义”也罢，然而马连良自是马连良，观众爱看，爱其“潇洒”。

马连良不是不演人物。他很注意人物的性格基调。我曾听他说过：“先得弄准了他的‘人性’：是绵软随和，还是干艮倔犟。”

马连良很注意表演的预示，在用一种手段（唱、念、做）想对观众传达一个重点内容时，先得使观众有预感，有准备，照他的说法是：“先打闪，后打雷。”

马连良的台步很讲究，几乎一个人物一个步法。我看过他的《一捧雪》，“搜杯”一场，莫成三次企图藏杯外逃，都为严府家丁校尉所阻，没有一句词，只是三次上场、退下，三次都是“水底鱼”，三个“水底鱼”能走下三个满堂好。不但干净利索，自然应节（不为锣鼓点捆住），而且一次比一次遑急，脚底下表现出不同情绪。王延龄和老薛保走的都是“老步”，但是王延龄位高望重，生活优裕，老而不衰；老薛保则是穷忙一生，双腿僵硬了。马连良演《三娘教子》，双膝微弯，横跨着走。这样弯腿弯了一整出戏，是要功夫的！

马连良很知道扬长避短。他年轻时调门很高，能唱《龙虎斗》这样的乙字调唢呐二黄，中年后调门降了下来。他高音不好，多在中音区使腔。《赵氏孤儿》鞭打公孙杵臼一场，他不能像余叔岩一样“白虎大堂奉了命”，“白虎”直拔而上，就垫了一个字：“在白虎”，也能“讨俏”。

对编剧艺术，他主张不要多唱。他的一些戏，唱都不多。《甘露寺》只一段“劝千岁”，《群英会》主要只是“借风”一段二黄。《审头刺汤》除了两句散板，只有向戚继光唱的一段四平调；《胭脂宝褶》只有一段流水。在讨论新编剧本时他总是说：“这里不用唱，有几句白就行了。”他说：“不该唱而唱，比该唱而不唱，还要叫人难受。”我以为这是至理名言。现在新编的京剧大都唱得太多，而且每唱必长，作者笔下痛快，演员实在吃不消。

马连良在出台以前从来不在后台“吊”一段，他要喊两嗓子。他喊嗓子不像别人都是“啊——咿”，而是：“走唻！”我头一次听到直纳闷：走？走到哪儿去？

马连良知道观众来看戏，不只看他一个人，他要求全团演员都很讲究。他不惜高价，聘请最好的配角。对演员服装要求做到“三白”——白护领、白水袖、白靴底，连龙套都如此（在“私营班社”时，马剧团都发理发费，所有演员上场前必须理发）。他自己的服装都是按身材量制的，面料、绣活都得经他审定，有些盔头是他看了古画，自己琢磨出来的，如《赵氏孤儿》程婴的镂金的透空的员外巾。他很会配颜色。有一回赵燕侠要做服装，特地拉了他去选料子。现在有些剧装厂专给演员定制马派服装。马派服装的确比官中行头穿上要好看得多。

谭

听谭富英听一个“痛快”。谭富英年轻时嗓音“没挡”，当时戏曲报刊都说他是“天赋佳喉”。而且，底气充足。一出《定军山》，“敌营打罢得胜的鼓哇呃”，一口气，高亮脆爽，游刃有余，不但剧场里“炸了窝”，连剧场外拉洋车的也一齐叫好，——他的声音一直传到场外。“三次开弓新月样”，“来来来带过爷的马能行”，也同样是满堂的彩，从来没有“漂”过。——说京剧唱词不通，都得举出“马能行”，然而《定军山》的“马能行”没法改，因为这里有一个很漂亮的花腔，“行”字是“脑后摘音”，改了即无此效果。

谭富英什么都快。他走路快。晚年了，我和他一起走，还是赶不上他。台上动作快（动作较小）。《定军山》出场简直是握着刀横窜出来的。开打也快。“鼻子”、“削头”，都快。“四记头”亮相，末锣刚落，他已经抬脚下场了。他的唱，“尺寸”也比别人快。他特别长于唱快板。《战太平》“长街”一场的快板，《斩马谡》“见王平”的快板都似脱线珍珠一样溅跳而出。快，而字字清晰劲健，没有一个字是“嚼”了的。五十年代，“挖掘传统”那阵，我听过一次他久已不演的《朱砂痣》，赞银子一段，“好宝贝！”一句短白，碰板起唱，张嘴就来，真“脆”。

我曾问过一个经验丰富、给很多名角挎过刀，艺术上很有见解的唱二旦的任志秋：“谭富英有什么好？”志秋说：“他像个老生。”我只能承认这是一句很妙的回答，很有道理。唱老生的的确有很多人不像老生。

谭富英为人恬淡豁达。他出科就红，可以说是一帆风顺，但他不和别人争名位高低，不“吃戏醋”。他和裘盛戎合组太平京剧团时就常让盛戎唱大轴，他知道盛戎正是“好时候”，很多观众是来听裘盛戎的。盛戎大轴《铫期》，他就在前面来一出《桑园会》（与梁小鸾合演）。这是一出“歇工戏”，他也乐得省劲。马连良曾约他合演《战长沙》，他的黄忠，马的关羽。重点当然是关羽，黄忠是个配角，他同意了（这出戏筹备很久，我曾在后台见过制作得极精美的青龙偃月刀，不知因为什么未能排出，如果演出，那是会很好看的）。他曾在《秦香莲》里演过陈世美，在《赵氏孤儿》里演过赵盾。这本来都是“二路”演员的活。

富英有心脏病，到我参加北京京剧团后，就没怎么见他演出。但不时还到剧团来。和大家见见，聊聊。他没有架子，极可亲近。

他重病住院，用的药很贵重。到他病危时，拒绝再用，他说：“这种药留给别人用吧！”重人之生，轻己之死。如此高格，能有几人？

张

张君秋得天独厚，他的这条嗓子，一时无两：甜，圆，宽，润。他的发声极其科学，主要靠腹呼吸，所谓“丹田之气”。他不使劲地摩擦声带，因此声带不易磨损，耐久，“盯活”，长唱不哑。中国音乐学院有一位教师曾经专门研究张君秋的发声方法。——这恐怕是很难的，因为发声是身体全方位的运动。他的气很足。我曾在广和剧场后台就近看他吊嗓子，他唱的时候，颈部两边的肌肉都震得颤动，可见其共鸣量有多大。这样的发声真如浓茶酽酒，味道醇厚。一般旦角发声多薄，近听很亮，但是不能“打远”，“灌不满堂”。有别的旦角和他同台，一张嘴，就比下去了。

君秋在武汉收徒时曾说：“唱我这派，得能吃。”这不是开玩笑的话。君秋食量甚佳，胃口极好。唱戏的都是“饱吹饿唱”，君秋是吃饱了唱。演《玉堂春》，已经化好了妆，还来四十个饺子。前面崇公道高叫一声：“苏三走动啊！”他一抹嘴：“苦哇！”就上去了，“忽听得唤苏三……”。在武汉，住璇宫饭店，每天晚上鳜鱼汆汤，二斤来重一条，一个人吃得干干净净。他和程砚秋一样，都爱吃炖肘子。

（唱旦角的比君秋还能吃的，大概只有一个程砚秋。他在上海，到南市的老上海饭馆吃饭，“青鱼托肺”——青鱼的内脏，这道菜非常油腻，他一次要两只。在老正兴吃大闸蟹，八只！搞声乐的要能吃，这大概有点道理。）

君秋没有坐过科，是小时在家里请教师学的戏，从小就有一条好嗓子，搭班就红（他是马连良发现的），因此不大注意“身上”。他对学生说，“你学我，学我的唱，别学我的‘老斗身子’。”他也不大注意表演。但也不尽然。他的台步不考究，简直无所谓台步，在台上走而已，“大步量”。但是着旗装，穿花盆底，那几步走，真是雍容华贵，仪态万方。我还没有见过一个旦角穿花盆底有他走得那样好看的。我曾仔细看过他的《玉堂春》，发现他还是很会“做戏”的。慢板、二六、流水，每一句的表情都非常细腻，眼神、手势，很有分寸，很美，又很含蓄（一般旦角演玉堂春都嫌轻浮，有的简直把一个沦落风尘但不失天真的少女演成一个荡妇）。跪禀既久，站起来，腿脚麻木了，微蹲着，轻揉两膝，实在是楚楚动人。花盆底脚步，是经过苦练练出来的;《玉堂春》我想一定经过名师指点，一点一点“抠”出来的。功夫不负苦心人。君秋是有表演才能的，只是没有发挥出来。

君秋最初宗梅，又受过程砚秋亲传（程很喜欢他，曾主动给他说过戏，好像是《六月雪》，确否，待查）。后来形成了张派。张派是从梅派发展出来的，这大家都知道。张派腔里有程的东西，也许不大为人注意。

君秋的嗓子有一个很大的特点，非常富于弹性，高低收放，运用自如，特别善于运用“擞”。《秦香莲》的二六，低起，到“我叫叫叫一声杀了人的天”拔到旦角能唱的最高音，那样高，还能用“擞”，婉转回环，美听之至。他又极会换气，常在“眼”上偷换，不露痕迹，因此张派腔听起来缠绵不断，不见棱角。中国画讲究“真气内行”，君秋得之。

裘

我和裘盛戎只合作过两个戏，一个《杜鹃山》，一个小戏《雪花飘》，都是现代戏。

我和盛戎最初认识是和他（还有几个别的人）到天津去看戏，——好像就是《杜鹃山》。演员知道裘盛戎来看戏，都“卯上”了。散了戏，我们到后台给演员道辛苦，盛戎拙于言词，但是他的态度是诚恳的、朴素的，他的谦虚是由衷的谦虚。他是真心实意地来向人家学习来了。回旅馆的路上，他买了几套煎饼果子摊鸡蛋，有滋有味地吃起来。他咬着煎饼果子的样子，表现了很喜悦的怀旧之情和一种天真的童心。盛戎睡得很晚，晚上他一个人盘腿坐在床上抽烟，一边好像想着什么事，有点出神，有点迷迷糊糊的。不知是为什么，我以后总觉得盛戎的许多唱腔、唱法、身段，就是在这么盘腿坐着的时候想出来的。

盛戎的身体早就不大好。他曾经跟我说过："老汪哎，你别看我外面还好，这里面，——都娄啦！"搞《雪花飘》的时候，他那几天不舒服，但还是跟着我们一同去体验生活。《雪花飘》是根据浩然同志的小说改编的，写的是一个看公用电话的老人的事。我们去访问了政协礼堂附近的一位看电话的老人。这家只有老两口。老头子六十大几了，一脸的白胡茬，还骑着自行车到处送电话。他的老伴很得意地说："头两个月他还骑着二八的车哪，这最近才弄了一辆二六的！"盛戎在这间屋里坐了好大一会，还随着老头子送了一个电话。

《雪花飘》排得很快，一个星期左右，戏就出来了。幕一打开，盛戎唱了四句带点马派味儿的［散板］：

打罢了新春六十七哟，
看了五年电话机。
传呼一千八百日，
舒筋活血，强似下棋！

我和导演刘雪涛一听，都觉得"真是这里的事儿"！

《杜鹃山》搞过两次。一次是一九六四年，一次是一九六九年，一九六九年那次我们到湘鄂赣体验了较长期的生活。我和盛戎那时都是“控制使用”，他的心情自然不大好。那时强调军事化，大家穿了“价拨”的旧军大衣，背着行李，排着队。盛戎也一样，没有一点特殊。他总是默默地跟着队伍走，不大说话，但倒也不是整天愁眉苦脸的。我很能理解他的心情。虽然是“控制使用”，但还能“戴罪立功”，可以工作，可以演戏。我觉得从那时起，盛戎发生了一点变化，他变得深沉起来，盛戎平常也是个有说有笑的人，有时也爱逗个乐，但从那以后，我就很少见他有笑影了。他好像总是在想什么心事。用一句老戏词说：“满怀心腹事，尽在不言中。”他的这种神气，一直到他死，还深深地留在我的印象里。

那趟体验生活，是够苦的。南方的冬天比北方更难受。不生火，墙壁屋瓦都很单薄。那年的天气也特别，我们在安源过的春节，旧历大年三十，下大雪，同时却又打雷，下雹子，下大雨，一块儿来！盛戎晚上不再穷聊了，他早早就进了被窝。这老兄！他连毛窝都不脱，就这样连着毛窝睡了。但他还是坚持下来了，没有叫一句苦。

和盛戎合作，是非常愉快的。他很少对剧本提意见。他不是不当一回事，没有考虑过，或者提不出意见。盛戎文化不高，他读剧本是有点吃力的。但是他反复地读，盘着腿读。他读着，微微地摇着脑袋。他的目光有时从老花镜上面射出框外。他摇晃着脑袋，有时轻轻地发出一声：“唔。”有时甚至拍着大腿，大声喊叫：“唔！”

盛戎的领悟、理解能力非常之高。他从来不挑“辙口”，你写什么他唱什么。写《雪花飘》时，我跟他商量，这个戏准备让他唱“一七”，他沉吟着说：“哎呀，花脸唱闭口字……”我知道他这是“放傻”，就说：“你那《秦香莲》是什么辙？”他笑了：“‘一七’，好，唱，‘一七’！”盛戎十三道辙都响。有一出戏里有一个“灭”字，这是“乜斜”，“乜斜”是很不好唱的，他照样唱得很响，而且很好听。一个演员十三道辙都响，是很难得的。《杜鹃山》有一场“打长工”，他看到被他当作地主奴才的长工身上的累累伤痕，唱道：“他遍体伤痕都是豪绅罪证，我怎能在他的旧伤痕上再加新伤痕？”这是一段〔二六〕转〔流水〕，创腔的时候，我在旁边，说：“老兄，这两句你不能就这样‘数’了过去！唱到‘旧伤痕上’，得有个‘过程’，就像你当真看到，而且想到一样！”盛戎一听，说：“对！您听听，我再给您来来！”他唱到“旧伤痕上”时唱“散”了，下面加了一个弹拨乐器的单音重复的小“垫头”，“登、登、登……”到“再加新伤痕”再归到原来的“尺寸”，而且唱得很强烈。当时参加创腔的唐在炘、熊承旭同志都说：“好极了！”一九六九年本的《杜鹃山》原来有一大段“烤番薯”，写雷刚被困在山上断了粮，杜小山给他送来两个番薯。他把番薯放在篝火堆里烤着，番薯糊了，烤出了香气，他拾起番薯，唱道：“手握番薯全身暖，勾起我多少往事在心间……”他想起“我从小父母双亡讨米要饭，多亏了街坊邻舍问暖嘘寒”，他想起“大革命，造了反，几次探险在深山，每到有急和有难，都是乡亲接济咱。一块番薯掰两半，曾受深恩三十年！……到如今，山下来了毒蛇胆，杀人放火把父老摧残，我稳坐高山不去管，隔岸观火心怎安！……”（这剧本已经写了很多年，我手头无打印的剧本，词句全凭记忆追写，可能不尽准确。）创腔的同志对“一块番薯掰两半”不大理解，怕观众听不懂，盛戎说：“这有什么不好理解的？！‘一块番薯掰两半’，有他吃的就有我吃的！”他把这两句唱得非常感人，头一句他“虚”着一点唱，在想象，“曾受深恩”，“深恩”用极其深沉浑厚的胸音唱出，“三十年”一泻无余，跌宕不已。盛戎的这两句唱到现在还是绕梁三日，使我一想起就激动。这一段在后台被称为“烤白薯”，板式用的是〔反二黄〕。花脸唱〔反二黄〕虽非创举，当时还是很少见。盛戎后来得了病，他并不怎么悲观。他大概已经怀疑或者已经知道是癌症了，跟我说：“甭管它是什么，有病咱们瞧病！”他还想唱戏。有一度他的病好了一些。他还是想和我们把《杜鹃山》再搞出来（《杜鹃山》后来又写了一稿）。他为了清静，一个人搬到厢房里住，好看剧本。他死后，我才听他家里人说，他夜里躺在床上看剧本，曾经两次把床头灯的罩子烤着了。他病得很沉重了，有一次还用手在床头到处摸，他的夫人知道他要剧本。剧本不在手边，他的夫人就用报纸卷了一个筒子放在他手里，他这才平静下来。

他病危时，我到医院去看他。他的学生方荣翔引我到他的病床前，轻轻地叫醒他：“先生，有人来看您。”盛戎半睁开眼，荣翔问他：“您还认得吗？”盛戎在枕上微微点了点头，说了一个字：“汪”，随即流下了一大滴眼泪。

赵

赵燕侠的发声部位靠前，有点近于评剧的发声。她的嗓音的特点是：清，干净、明亮，脆生。这样的嗓子可以久唱不败。她演的全本《玉堂春》、《白蛇传》都是一人顶到底。唱多少句都不在乎。田汉同志为她的《白蛇传·合钵》一场加写了一大段和孩子哭别的唱词，李慕良设计的汉调二黄，她从从容容就唱完了。《沙家浜》“人一走，茶就凉”的拖腔，十四板，毫不吃力。

赵燕侠的吐字是一绝。她唱戏，可以不打字幕，每个字都很清楚，观众听得明明白白。她的观众多，和这点很有关系。田汉同志曾说:“赵燕侠字是字，腔是腔，先把字报出来，再使腔，这有一定道理。”都说京剧是“按字行腔”，实际情况并非如此。一句大腔，只有头几个音和字的调值是相合或接近的，后面的就不再有什么关系。如果后面的腔还是字音的延长，就会不成腔调。先报字，后行腔，自易清楚。当然“报”字还是唱出来的，不是念出来的。完全念出来的也有。我听谭富英说过，孙菊仙唱《奇冤报》“务农为本颇有家财”，“务农为本”就完全是用北京话念出来的。这毕竟很少。赵燕侠是先把字唱正了，再运腔，不使腔把字盖了。京剧的吐字还有件很麻烦的事，就是同时存在两个音系：湖广音和北京音。两个音系随时打架。除了言菊朋纯用湖广音，其余演员都是湖广音、北京音并用。余叔岩钻研了一辈子京剧音韵，他的字音其实是乱的。马连良说他的字音是“怎么好听怎么来”，我看只能如此。赵燕侠的字音基本上是北京音，所以易为观众接受（也有一些字是湖广音，如《白蛇传》的那段汉调。这段唱腔的设计者李慕良是湖南人，难免把他的乡音带进唱腔）。赵燕侠年轻时爱听曲艺，她大概从曲艺里吸收了不少东西，咬字是其一——北方的曲艺咬字是最清楚的。赵燕侠的吐字清楚，是大家都知道的，但是其中奥秘，还有待研究。

赵燕侠的戏是她的父亲“打”出来的，功底很扎实，腿功尤其好。《大英杰烈》扳起朝天蹬，三起三落。“文化大革命”期间，我和她关在一个牛棚内。我们的“棚”在一座小楼上，只能放下一张长桌，几把凳子，我们只能紧挨着围桌而坐。坐在里面的人要出去，外面的就得站起让路。我坐在赵燕侠里面，要出去，说了声“劳驾”，请她让一让，这位赵老板没有站起来，腾地一下把一条腿抬过了头顶：“请！”前几年我遇到她，谈起这回事，问她：“您现在还能把腿抬得那样高么？”她笑笑说：“不行了！”我想再练练功，她许还行。

赵燕侠快六十了，还能唱，嗓子还那么好。

一九九〇年一月九日

图书在版编目（CIP）数据

自得其乐 / 汪曾祺著 . -- 北京 ：中国广播影视出版社，2019.5
(汪曾祺散文选)
ISBN 978-7-5043-8240-5

Ⅰ. ①自… Ⅱ. ①汪… Ⅲ. ①散文集－中国－当代 Ⅳ. ① I267

中国版本图书馆 CIP 数据核字 (2018) 第 294989 号

自得其乐
汪曾祺 著

责任编辑 李潇潇
装帧设计 嘉信一丁
责任校对 张 哲

出版发行 中国广播影视出版社
电 话 010－86093580 010－86093583
社 址 北京市西城区真武庙二条 9 号
邮 编 100045
网 址 www.crtp.com.cn
电子信箱 crtp8@sina.com

经 销 全国各地新华书店
印 刷 北京凯德印刷有限公司

开 本 880 毫米 ×1230 毫米 1/32
字 数 140(千)字
印 张 6.5
版 次 2019 年 5 月第 1 版 2019 年 5 月第 1 次印刷

书 号 ISBN 978－7－5043－8240－5
定 价 39.00 元